陳丹初先生遺稿（外一種）

陳桂琛·撰

同文書庫·厦門文獻系列 第二輯 柒

厦门大学出版社
XIAMEN UNIVERSITY PRESS
国家一级出版社
全国百佳图书出版单位

图书在版编目(CIP)数据

陈丹初先生遗稿:外一种/陈桂琛撰.—厦门:厦门大学出版社,2017.9
(同文书库.厦门文献系列.第二辑)
ISBN 978-7-5615-6724-1

Ⅰ.①陈… Ⅱ.①陈… Ⅲ.①中国文学—现代文学—作品综合集 Ⅳ.①I216.2

中国版本图书馆 CIP 数据核字(2017)第 250125 号

出 版 人 蒋东明
责任编辑 薛鹏志 章木良
封面设计 李嘉彬
技术编辑 朱 楷

出版发行 厦门大学出版社
社 址 厦门市软件园二期望海路 39 号
邮政编码 361008
总 编 办 0592-2182177 0592-2181406(传真)
营销中心 0592-2184458 0592-2181365
网 址 http://www.xmupress.com
邮 箱 xmup@xmupress.com
印 刷 厦门集大印刷厂

开本 787mm×1092mm 1/16
印张 17
插页 4
字数 250 千字
版次 2017 年 9 月第 1 版
印次 2017 年 9 月第 1 次印刷
定价 190.00 元

厦门大学出版社
微信二维码

厦门大学出版社
微博二维码

總　編：
中共厦門市委宣傳部
厦門市社會科學界聯合會
執行編輯：
厦門市社會科學院

『同文書庫·厦門文獻系列』編輯委員會

顾　问：
叶重耕
編　委：
何瑞福　周　旻　洪卜仁　何丙仲　洪峻峰　謝　泳　蕭德洪　李　楨　李文泰
主　編：
何瑞福
副主編：
洪峻峰　李　楨

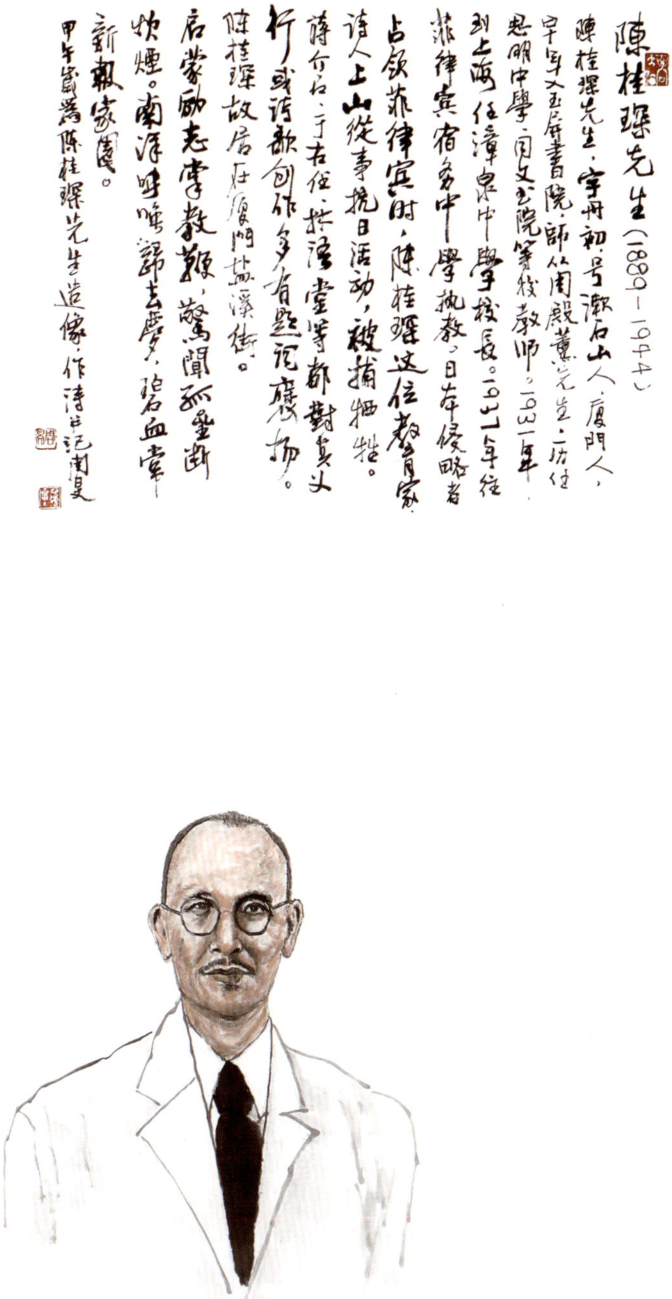
陳桂琛先生（1889—1944）
陳桂琛先生，字冊初，号澈石山人，厦門人，早年入玉屏書院，師从周殿薰先生，历任思明中學、同文書院等校教师。1931年到上海任漳泉中學校長。1937年往菲律賓宿务中學执教。日本侵略者占領菲律賓时，陳桂琛这位教育家、诗人上山從事抗日活动，被捕牺牲。蔣介石、于右任、林語堂等都對其文行或詩歌创作多有題記褒扬。
陳桂琛故居在厦門盐溪街。
启蒙励志学教艱，驚聞孤壘断炊煙。南洋嗚咽歸去夢，碧血常新報家園。
甲午歲為陳桂琛先生造像，作詩并記 周旻

·陳桂琛（國畫　周旻作）

目錄

前言……洪峻峰 一
陳丹初先生遺稿……一
陳丹初先生傳略……蘇甦 四
序……柯伯行 六
鴻爪集……八
北谿集……四九
抗戰集……六八
投荒集……七九
文集……八六
跋……陳覺夫 一一一

陳丹初先生成仁廿五週年紀念刊……一一五

目錄……一一七

陳丹初先生遺像……一一九

陳丹初先生傳略……本刊出版委員會 一二一

圖片……一二三

題辭……一二八

陳丹初先生遺稿……一五一

詩詞……一五二

隨筆……一八一

小簡……一九二

陳丹初先生遺墨……二〇三

附卷……二〇七

陳右銘先生渡海尋骸圖題詠……二〇九

喬影望賒錄……二三一

寫在刊後……陳孟復 二三九

前言

《陳丹初先生遺稿（外一種）》是厦門近代教育家和詩人、旅菲華僑抗日義士陳桂琛（字丹初）的詩文稿及相關文獻的合編。《陳丹初先生遺稿》為陳桂琛詩文集，由作者門人陳覺夫整理、選編，作者友好蘇警予等旅菲華僑籌資，於一九五九年十月在菲律賓印行。外一種《陳丹初先生成仁廿五週年紀念刊》，内容包括紀念詩文和題辭、丹初遺稿遺墨選，以及陳丹初生前所編兩種圖文詩聯集，係旅菲華僑文教界人士為紀念陳丹初而發起編印，丹初次子陳孟復編輯，一九六九年六月在菲律賓印行。現據作者後人提供的原刊本合編影印。

一

陳桂琛（一八八九—一九四四），字丹初，號漱石，別署靖山小隱，福建厦門人。其生平履歷，蘇警予撰《陳丹初先生傳略》介紹道：『民國前三年，畢業厦門官立學堂；又三年，畢業福建優勝級師範數學專修科。初任教省立思明中學，兼事務主任；民國七年，改任厦門同文中學教員；幷自創辦勵志女學。二十年，任上海泉漳中學校長。兩年歸來，重任同文教職，及專理勵志校務。七七事變後，來菲任宿務中華中學教員，嗣改任古達磨島中華中學教員。日寇南侵，避居古島帛雅淵山中，而於三十三年（一九四四年）六月六日被日寇所殺。』（《陳丹初先生遺稿》，菲律賓一九五九年刊印，『傳略』第一頁）

陳桂琛是厦門近代著名教育家、詩人。他畢生從事教育，且於一九一六年獨資創辦厦門勵志女校並任校長（後勵志女校改為勵志小學，兼辦國文專修科），興學育才，垂數十年，桃李滿園，在民國年間厦門教育界享有盛名。

柯伯行在《陳丹初先生遺稿・序》中回顧了與陳桂琛的詩學交往，寫道：『曾共組海天吟社於鷺嶼，又先後參加菽莊、鷺江諸吟社。春秋佳日，雅集觴詠，時親炙石遺、耐公諸老，獲挹其風采緒論，而詩境一進。兩人詩皆選入《石遺室詩話》及「菽莊叢刊」。』（《陳丹初先生遺稿》，『序』第一頁）這段話雖然簡短，但已將陳桂琛的學詩經歷、詩詞活動及詩詞造詣講得很清楚。

『海天吟社』是厦門近代較早成立、影響較大的詩社。『社創於民國三年，主政為施澐舫先生，社員如陳桂琛、錢文顯、許廷慈、陳熙堂、陳健堂，皆其中之健者，有《海天吟卷》行世。……鷺江吟社，則由錢秋澄主課。』（黃澤父《厦門雜記》之『鷺江詩社』，厦門圖書館編：《厦門軼事》，厦門大學出版社二〇〇四年版，第三七至三八頁）所謂『海天吟卷』當指《海天吟社詩存》，係社侶詩選輯，周墨史作序，一九二三年刊印。據周墨史序，吟社創建於丁巳年（一九一七年），而非民國三年。序云：『歲丁巳錢子文顯集同志友於其樓為詩社，即以樓名名之曰海天吟社。請予主其事，予於詩未嘗學問，偶有所作，亦以文為詩耳，何敢當。爰介紹於雲航施先生，以施先生善為啟發，而諸詩友之興高采烈。予左右期間，亦日獲其益，而不謂施先生之遽歸道山也。兩年之間，社中得詩共五百首，多施先生命題而復為之點定其辭句者也。錢子諸人諷吟舊作，懷念前型，不忍自沒其詩以沒先生之教，錄得百餘首，名曰詩存。……是詩之存，謂為存吟社諸友之詩也可，謂為存施先生之詩教也可。』（周墨史：《厦門海天吟社詩存序》，《海天吟社詩存》，序第一頁，一九二三年）序末落款署癸亥（一九二三年）季秋。

抗戰勝利後吳雅純編《厦門大觀》，書中介紹厦門詩社曰：『吟社為詩人騷客聚吟之組織，每逢良辰美景，興會吟詠，詩集成刊。戰前原有菽莊吟社（在鼓浪嶼鹿耳礁）、星社、鷺江吟社（在文淵井圖書館）、海天吟社（在亭仔下萬全堂）等。淪陷後社員星散，吟社寂無所聞。現值抗戰勝利，本市善詠之士又有組織吟社之舉，惟迄今已成立者僅有篔簹吟社（在虎溪公園內）而已。』（吳雅純編：《厦門大觀》，厦門新綠書店一九四七年版，第一五六頁）這裏述及的四個詩社，是抗戰前厦門最重要的詩社。陳桂琛不但參加了這四個詩社（陳氏也是星社成員，柯伯行的回憶未提及），而且還是海天吟社的組織者之一，可見他在厦門詩詞界是個活躍人物。

柯伯行稱陳桂琛『時親炙石遺、耐公諸老』，『耐公』即施士潔，也就是周墨史《海天吟社詩存序》所說的為海天吟社施教的『施先生』。施士潔（一八五六——一九二二），字澐舫，號芸況，晚號耐公，別署定慧老人。臺灣臺南人，原籍福建晉江，臺灣詩壇巨擘。一八九五年清政府『割臺』後挈家眷內渡，後寓居鼓浪嶼。一九一三年十月林爾嘉在鼓浪嶼創立菽莊吟社，他為吟社執牛耳之人。論者稱：『菽莊吟社著聞海內，君驂靳其間，社中稱祭酒焉。』（蘇鏡潭《東寧百詠》之七十六詠施士潔詩自注，一九三五年）有詩文集《後蘇龕合集》。

誠如柯伯行所言，陳桂琛與他，『兩人詩皆選入《石遺室詩話》及「菽莊叢刊」』。只是這裏說的『菽莊叢刊』應為『菽莊叢刻』，即《菽莊叢刻八種》，是菽莊吟社八次徵詩文作品的精選本，庚辰年（一九四〇年）夏刊印。而陳衍《石遺室詩話》卷二十九在介紹了周墨史（殿薰）、黄雁汀（瀚）以及柯榮試（碩士）、陳文典（沙）、蘇警予（甦）、謝雲聲（龍文）等廈門詩人後，又寫道：『鷺門能詩者尚有柯伯行（徵庸）、陳丹初（桂琛）、余雨農（煥章）、李繡伊（禧）、蔡維中、翁純玉（兆全）諸君。伯行和余留別詩云：「尊酒消寒聚一堂，敢云祖道送行裝。憂時詞客陳同甫，造士經師馬季長。海鶴高飛標骨格，泥鴻印爪盡文章。可容籍湜韓門附，浪獻蕪詞笑大方。」繡伊以萬壽巖古鐘影片贈行，亦和前韻云：「未聽松聲過佛堂，聊將搨本壓歸裝。千年神物鐘無恙，一代詞宗壽共長。春訊江干隨杖履，離情席上抒篇章。名園知近烏山麓，惆悵梅花隔一方。（舊曾讀書烏石山十三本梅花書屋。）」雨農、丹初、維中、純玉詩手邊覓不出，呼負負矣。』（張寅彭主編：《民國詩話叢編》第一冊，上海書店出版社二〇〇二年版，第三九四頁）陳衍在這裏提到了陳丹初，選錄了柯伯行、李禧的詩，後來在《石遺室詩話續編》中又選錄、摘介了陳丹初的詩。他把陳桂琛和柯伯行等，稱為『鷺門能詩者』。

陳桂琛是著名的旅菲華僑抗日義士。《陳丹初先生成仁廿五週年紀念刊》出版委員會撰《陳丹初先生傳略》寫道：『民國廿六年夏，旅菲講學，值我國對日抗戰，為喚起僑胞敵愾同仇，屢於報端揭發敵人侵略暴行，愛國熱情溢於言表。菲島淪陷，義不帝秦，率偕僑校同仁進入蘭佬・畢雅淵山區，組織僑民，抗拒暴敵。乃遭倭酋嫉忌，遣兵圍剿，被執不屈，於民國卅三年六月七日凌晨遇害，年五十有六。同時殉難者凡廿九人，節如文山，義比田横。戰後，僑界感先生等正氣磅礴，乃就地豎碑紀念，以垂不朽。』（《陳丹初先生成仁廿五週年紀念刊》，菲律賓一九六九年刊印，第七至八頁）據紀念碑碑銘載，陳丹初等避入畢雅淵山區，『間曾援助抗日遊擊區，與遊擊隊合作，遂為漢奸日寇所銜』（《百雅淵華僑廿九義士碑銘》，《陳丹初先生成仁廿五週年紀念刊》，第九頁）。民國三十六年十二月，國民政府內政部頒令予以褒揚。（見厦門市地方志編纂委員會辦公室整理《厦門市志（民國）》卷二十九《節義傳》之『陳桂琛』條，方志出版社一九九九年版，第六二四頁）

二

《陳丹初先生遺稿》分為《鴻爪集》《北谿集》《抗戰集》《投荒集》和《文集》。

其中《鴻爪集》為作者一九三一年自編之詩集，收歷年遊歷所作。其時，『積二十餘年，有詩千餘首』（朱家駒《朱序》，《陳丹初先生遺稿》之《鴻爪集》第一頁。以下引用遺稿，祇注集名及頁碼）；『茲刻所哀，乃山水紀遊之作』（雷通群《雷序》，《鴻爪集》第二頁）。作者『後序』稱：『顧念山川勝概，夢寐纏縈，踏雪之鴻，爪痕歷歷。搜索吟篋，凡如干首，都為一編，命曰「鴻爪」。』（《鴻爪集》第四〇頁）此集按遊蹤履跡分為金陵、西湖、蘇州、無錫、申浦、海寧、嶺南荔枝灣、榕城、金門鼓岡山、香港愉園、菲島，以及『菲島竹枝詞』等十三個專題，計收詩一百三十八首。

其餘各集則據遺稿摘編，非遺稿全部。《北谿集》收在國內所作詩，『北谿』乃作者所居別墅名稱。《抗戰集》為作者一九三七年南渡旅居菲律賓宿務時所作詩三十首，其時國內盧溝橋事變發生、全民抗戰爆發，此集共收《抗戰十四首》《續抗戰九首》《抗戰七首（三續）》三組詩，分別反映一九三七年、一九三八年和一九三九年戰訊，實為抗戰史詩。《投荒集》為作者庚辰年（一九四〇年）五月移研古島後所作詩選，其時菲律賓已淪陷，作者避地山中；這些詩主要反映其山中投荒生活。《文集》收各體文稿十六篇，包括書刊之序言、發刊詞，人物之事略、小傳、墓表、祭文，以及各類啟事等。

遺稿中四種詩集的主要內容和特色，一是文人交遊和廈門詩事之記錄，另一為抗戰紀事，亦即抗戰詩史。

從遺稿尤其是《鴻爪集》《北谿集》兩集，可見作者交遊甚廣。《陳丹初先生傳略》稱其『平生廣結文字緣，與海內詞壇前輩過從尤密』（《陳丹初先生成仁廿五週年紀念刊》第八頁）。如《北谿集》中組詩《懷人詩二十五首》，係寄懷二十五位文朋詩友，而這些友人都是蜚聲海內的文化名家。包括：浙江余杭章太炎（一八六九—一九三六，名炳麟，國學家），福建侯官陳石遺（一八五六—一九三七，名衍，詩人、國學家），江西新建夏劍丞（一八七五—一九五三，名敬觀，詞人、畫家），湖南衡陽沈琛笙（一八七〇—一九四四，名琇瑩，詩人，菽莊吟社後期主持人），江蘇無錫王西神（一八八四—一九四二，名蘊章，詩人、書法家），湖南茶陵譚瓶齋（一八八九—一九四八，名澤闓，書法家），浙江紹興顧鼎梅（一八七五—一九四九，名燮光，金石學家、書畫家），浙江石門吳待秋（一八七八—一九四九，名徵，畫家），江蘇奉賢朱遯叟（一八五七—一九四二，名家駒，詩人、書法家），浙江吳興王一亭（一八六七—一九三八，書畫家），福建侯官李拔可（一八七六—一九五三，名宣龔，詩人、出版家），福建長樂黃藹農（一八八〇—一九六八，名葆戊，書法家），福建長樂高夢旦（一八七〇—一九三六，名鳳謙，出版家），四川內江張善孖（一八八二—一九四〇，名澤，畫家），四川內江張大千（一八九九—一九八三，名爰，書畫家），江蘇句容王師子（一八八五—一九五〇，畫家），浙江海甯呂十千（一八八五—一九五一，名萬，畫家），江西新安汪仲山（一八七七—一九四六，名琨，畫家），江蘇無錫秦玉甫（生卒年不詳，民國書畫家），廣西北流陳柱尊（一八九〇—一九四四，名柱，詩人、國學家），江西九江龍榆生（一九〇二—一九六六，名沐勳，詞人），江蘇武進謝玉岑（一八九九—一九三五，名覲虞，詞人、書畫家），廣西桂林況又韓（一九〇四—？，名維琦，詩人、畫家），浙江紹興汪軼凡（生卒年不詳，名超，民國畫家），浙江山陰馬秉雄（一八九一—一九五三，名軼群，書畫家）。《陳丹初先生成仁廿五週年紀念刊》『先生遺稿』部分『小簡』欄目，收錄其中多人的書簡，從中可窺陳丹初與他們交往的情節。

在陳桂琛甚為廣泛的文人交往中，與『同光體』詩派的理論代表陳衍之交誼尤深，在他與前輩文人的交往中頗有代表性。

《鴻爪集》有陳衍辛未年（一九三一年）暮秋所作後跋。跋語云：『丹初肆力為詩，以余所見，多清穩可誦者。尚謙讓，未以行世。獨其中鴻爪一集，紀外國逸事較夥，余促丹初先編而印之，固可與黄公度、康更生二君集中諸作同為詩史之支流也。辛未暮秋七十七叟衍跋。』（《鴻爪集》第三九頁）

陳衍後敍特別肯定其『紀外國逸事』者，這指的是作者甲子年（一九二四年）遊菲律賓所作『菲島雜詠』和『菲島竹枝詞』兩個專題之詩。陳衍在《石遺室詩話續編》中對這兩個專題亦有摘録介紹。續編卷一云：『厦門陳丹初（桂琛），曾遊斐律濱島，有《麥哲倫墓》七言古一首……』並録小序、詩前半部分和結尾，稱其『敍述議論，筆力嶄然』。（張寅彭主編《民國詩話叢編》第一冊，第五〇四至五〇五頁）陳桂琛在癸酉年（一九三三年）五月二十二日復陳衍的信中曾提及此事：『大著油印詩話續，早已拜領讀竟，所引詩殊佳。拙作麥哲倫墓一首亦附驥尾，且慚且感。』（《陳丹初先生成仁廿五週年紀念刊》，第七八頁）後來陳衍撰續編卷二，又從『菲島竹枝詞』專題中選錄四首，稱：『丹初《菲律賓竹枝詞》，有可傳者數首，錄之。』（張寅彭主編《民國詩話叢編》第一冊，第五四三頁）《陳丹初先生成仁廿五週年紀念刊》先生遺稿部分『隨筆』欄目，收入作者《石遺老人贈詩》一文，回顧與陳衍的交往，講述陳衍的三次贈詩。第一次在丁卯年（一九二七年）七月，陳桂琛遊福州時拜訪陳衍，獲贈大集，作詩七律一首以謝，復獲和詩一首。第二次在一九三一年：『辛未秋，先生避兵至厦，相聚匝月，聆其詩教頗多。嗣漳泉中學電催返滬，乃別。』行前獲贈二絕句。第三次在一個月後：『蓋先生本擬與予同行，因行程匆促，不及候。予涖滬一月，先生始來會。予處以三層樓，而自臥短榻。』陳衍就此事賦詩以贈。（見《陳丹初先生成仁廿五週年紀念刊》第六七至六八頁）

陳衍的第一次贈詩，以『丹初至福州余適戒酒未招飲也塵以拙集奉贈有詩來謝次韻答之』為題，收入《石遺室詩續集》卷二（見陳步編：《石遺室集》上，福建人民出版社二〇〇一年版，第三九五頁）第二次贈詩二絕句，未見載於他處（按：《石遺室詩續集》止於一九二七年，此後所作詩未刊，已佚）。第三次贈詩，陳衍《石遺室詩話續編》卷一有記述，文字與陳丹初所記略有出入，當是後來修改。此則詩話云：『余偶往暨南大學講書，嘗宿龍榆生寓齋，榆生必以自睡大床讓余。有詩云：「不緣多難寧重聚，豈便工詩必固窮。師弟未容分主客，大床合臥老元龍。」可謂自然工切，落落大方。余去年亦有一絕句，翻用元龍事，則蠻橫矣。陳丹初以三層樓讓余高臥，而自臥短榻，口占示之云：「據人百尺高樓臥，翻使人眠地下來。直是綠林豪客概，元龍只合作輿臺。」大概作詩不用典，其上也；用典而變化用之，次也；明用一典，以求切題，風斯下矣。』（張寅彭主編《民國詩話叢編》第一冊，第四八六頁）這裏講到的龍榆生是著名詞學家，一九二四年秋—一九二八年七月在厦門集美學校任教，其間從陳衍學詩。龍榆生這首絕句，其子女所編《忍寒詩詞歌詞集》（復旦大學出版社二〇一二年版）失收。

一九三七年陳衍逝世後，陳丹初作《哭石遺宗丈三十韻》（見《北谿集》第一六頁），詳述二人十二年來的交往。詩中寫道：『兩度過吳門，訪公申契闊』；可知，在陳衍晚年寓居蘇州期間，陳桂琛曾兩次前往拜訪敍舊。『秋初客榕垣，花光（閣名）敍寒熱。示我蜀中詩，餉我閩中物。……相違歲未周，豈意成永訣』；可知，他出國南渡之前，曾到福州與陳衍話別，時未及一年。『書來甫兼旬，胡遽成絕筆』；可知，在兩旬之前，他還收到了陳衍寄自國内的書信。可見，陳桂琛與陳衍交往很深。

陳丹初還曾向陳衍推薦其得意門生陳覺夫的詩作，並得到陳衍的肯定。甲戌年（一九三四年）春，陳衍在《陳覺夫詩敍》中云：『余十餘年來，數遊鷺門，識數詩人，墨史、雁汀外，與丹初最稔，時有贈答。別其年餘，忽書來，言其門人陳生覺夫，年少嗜為詩，能學隨園，為作敍稱之。並寄示數詩，請書一言相勗勉。稍為翻閱，誠有似隨園者。』（據手稿圖片，手稿為福建省定佳拍賣有限公司二〇一四年秋季書畫拍賣會拍品）他在《石遺室詩話續編》卷二中便摘介陳覺夫詩。詩話寫道：『丹初門人陳覺夫，年少嗜詩，周墨史薦充海外宿霧教授，獨學無友。有《聞丹師遊菲島歸，奉寄》云：「曾經滄海水，已過萬重山。」十字用元稹、李白語作對，渾成極。《題秦淮畫舫錄後》云：「無端灑盡相思淚，添作秦淮日夜潮。」頗婉而多風。』（張寅彭主編《民國詩話叢編》第一冊，第五四三頁）

當年『年少嗜詩』的『丹初門人陳覺夫』，就是這部《陳丹初先生遺稿》的整理者。陳覺夫（一九〇一——一九七四），名治平，字覺夫，别署十願居士，福建晉江人。少時到厦門就學，後考入同文中學，師從陳丹初。畢業後，經校長周墨史舉薦，到菲律賓就華僑學校任國學教席。工詩詞，擅書法、篆刻，是旅菲華人中著名的詩書篆刻藝術家。著有《琴心劍膽樓詩》，與吴棄予合編《菲律賓華僑詩選》。一九六九年歸里，後在家鄉逝世。（參見吴煜煜：《陳覺夫與詩友逸事》，載《星光》二〇一二年第四期）一九五九年夏，陳覺夫受陳桂琛子女所托，整理、編輯先師遺稿付梓。兩個月後書編成，他在跋語後附詩一首，表達了編後感受：『驚心劫火沸横流，烈士身亡十五秋。遺澤縹緗鴻爪在，大名宇宙豹皮留。衣冠何處營新塚，風雨他時訪故樓。幸草千行剛付梓，師恩萬一可曾酬。』（《陳丹初先生遺稿》，『跋』第二頁）

陳桂琛《鴻爪集》卷前有朱家駒、雷通群二序及沈琇瑩、王蘊章二人的題詞。其中雷通群為厦門大學教育學院教授，沈琇瑩為菽莊吟社後期主持人，而他與朱家駒、王蘊章二位外地名家的交往，則頗值得一説。

朱家駒，字昂若，號遯庸、遯叟，江蘇奉賢（後歸上海）人。光緒五年（一八七九年）舉人。清末主奉賢兩書院講席，後任江蘇省諮議局議員、江蘇通志局分纂。工詩詞，善書法，為吴昌碩所盛讚。晚年入武進苔岑社、上海鳴社、常熟虞社等詩社。著有《遯廬近墨》（一九二六年）、《重游泮水唱和詩》（一九三〇年）、《聞妙香齋詩存》（一九五五年）等。

陳桂琛與朱家駒的交往得緣於菽莊吟社的詩詞活動，二人乃為『文字神交』，畢生未曾見面。陳桂琛編《近代七言絕句續集》選了朱家駒的絕句，注解中有一段話憶及二人的交往：『遯叟先生與予及謦予、雲聲二生，為文字神交。憶辛酉歲，菽莊主人三九雅集，徵海內長句，忝與先生列甲選，是為神交之始。嗣是郵筒唱和，靡間寒暑，其懷先生詩云：「唱酬累牘又連篇，怪底難償一面緣。記取菽莊舊詞客，神交忽忽十三年。」此詩作於癸酉，迄今丁丑又五年，相思千里，未獲一面。先生嘗為予序《鴻爪集》，又有「傾心奚但波千頃，謦欬相聞七字詩」之贈。予亦有「安得移家傍仁里，朱陳村裏築詩城」之答。去歲先生重賦鹿鳴，並補祝八豑初度，予與謦予、雲聲延林子白繢圖侑觴，予製歌題其額，中段云「……我忝神交兮獲公知，呼雞補旦兮壽星輝。」文字因緣，於此足見一斑矣。』（《近代七言絕句續集》，厦門勵志學校一九三七年刊印，第一三至一四頁）這裏所說的二人的『神交之始』，緣自菽莊吟社的一次活動：辛酉年（一九二一年）重陽節，恰菽莊落成第九年之九月九日（適符三九之數），菽莊主人林爾嘉集吟社詩侶觴詠於菽莊之藏海園，是為『菽莊三九雅集』。吟社隨即以此為題向海內詩壇徵稿，後從一千三百餘首來稿中選出優勝者四百三十五名，分為甲乙丙丁四等給予獎勵，又將其中甲選二十七人的作品結集，編為《菽莊三九雅集詩錄》刊行。（參見《菽莊三九雅集徵詩啟》，卷前林爾嘉『識』、卷後附錄『詩榜』，《菽莊三九雅集詩錄》，華洋印務書館一九二一年印行）在這次徵稿活動中，朱家駒與陳桂琛的應徵詩稿同列甲選，這是他們『神交』的開始。

朱家駒多次參與菽莊吟社的徵詩徵文活動，成為吟社的重要吟侶。除了陳桂琛提到的辛酉年（一九二一年）『菽莊三九雅集』徵詩之外，又於壬戌年（一九二二年）參與菽莊吟社以『壬戌七月既望鷺江泛月賦』為題的徵賦，作品被評為乙選（見《壬戌七月既望鷺江泛月賦選》卷後『附名錄』，華洋印務書館一九二四年印行）；甲子年（一九二四年）參與菽莊吟社以『甲子三月菽莊小蘭亭三修褉序』為題的徵序，所撰序文被評為第一名。（見《菽莊小蘭亭徵文錄》，一九二八年印行）作為『菽莊舊詞客』，朱家駒與菽莊諸吟侶多有酬贈、唱和與交流。一九二一年，林菽莊夢中得句，醒後續成七絕四首，徵同人唱和，壬戌年（一九二二年）編印《菽莊夢中得句唱和集》，其中收錄了朱家駒的和詩。（見《菽莊夢中得句唱和集》，華洋印務書館一九二二年印行）而朱家駒於庚午年（一九三〇年）重游泮水，有詩若干首紀事，三百餘人和之，壬申年（一九三二年）編為《重游泮水唱和詩》，其中收錄了菽莊核心吟侶蘇大山等人的和詩；後來陳桂琛讀重遊唱和詩，亦有和作寄呈。至於陳桂琛提到的朱家駒與蘇警予、謝雲聲的文字交往，可補充的是，一九二六年，蘇、謝二人的詩集《隨天附與盧靈蕭閣甲子雜詩合刊》由廈門文化印書館刊印後，曾寄呈朱家駒，朱獲得贈書後為詩集題詩酬答，對二人之詩頗為讚賞。

王蘊章，字蓴農，號西神，別號西神殘客等，江蘇無錫人，是錢鍾書的舅父，民國著名文人。清末曾任上海商務印書館編輯，又擔任《小說月報》及《婦女雜誌》主編、上海《新聞報》主筆，後歷任上海滬江大學、南方大學、暨南大學國文教授，上海正風文學院院長。工書法，通詩詞，參加南社；又擅作小說，是鴛鴦蝴蝶派主要作家。著有詩詞集《秋平雲室詞》《梅魂菊影空詞話》、詩話《然脂餘韻》、書法著作《墨林一枝》《墨傭餘沉》等。

陳桂琛在《近代七言絕句續集》中亦有一段題注論及與王蘊章的交往，云：『予與君訂交，始於己巳歲，時以篇什相贈答。越兩載，予來長滬校，過從尤密。君工詞翰，並擅各體書，曾為先君子篆墓蓋。』（《近代七言絕句續集》，第四三至四四頁）他的《懷人詩二十五首》中寄懷王蘊章一絕，即著重寫其書名之盛及為『先君子篆墓蓋』之事。所稱訂交始年己巳歲即一九二九年。有意思的是，王蘊章為《鴻爪集》的題詞，卻將二人的結識追溯到民國元年（一九一二年）。題詞云：『蠻花椰酒記遊蹤，二十年前識孟公。三好輸君能實現，一編勝唱大江東。』（《鴻爪集》第三頁）首句『記遊蹤』之說，蓋因陳氏《鴻爪集》中有《菲島雜詠》《菲島竹枝詞》二集，而王氏亦曾遊歷南洋各國數年，作《南洋竹枝詞》百餘首。第三句所謂『三好』，則緣自陳桂琛在《鴻爪集》後序中所稱：『昔人以讀好詩、友好人、看好山水為平生三大願，余志焉久矣。』（《鴻爪集》第四〇頁）第二句『二十年前識孟公』另有本事。作者自注云：『民國紀元，於役南洋，信宿厦門，即聞丹初先生之名。歸來海上，出示此編，如溫昔夢。平生三好，具有同情；身後千秋，看君早就。漫題一絕，藉誌欽遲。』（《鴻爪集》第三頁）末句亦有本事：王西神當年在停留厦門的短短二日中，曾遊南普陀寺並寫下一首調寄《浪淘沙》的豪放之詞：『雲氣欲成龍，霞吐長虹。夕陽紅下最高峰。我自磨崖書奇白，不要紗籠。　高唱大江東，海闊天空。古今憑弔幾英雄？明日扁舟春水漲，萬里長風。』《鴻爪集》題詞末句『一編勝唱大江東』，顯然是相對二十年前所云『高唱大江東』一句而言。這首《浪淘沙》由晉安蘇淞書，刻於厦門南普陀寺藏經閣東側。題刻尚有作者自注：『沈君縵霆有南洋之行，信宿鷺門。莊君希泉導遊南普陀山。余填此詞，以志鴻雪。時民國紀元年五月七日也。同遊者為粵東馮君□明，浙東王君為新，滬江徐君景祥，鷺江莊君有才、葉君克昌、林君雙珠。無錫王蘊章蓴農識。』（厦門南普陀寺編：《南普陀寺志》第七章文物史跡第三節摩崖題刻『王蘊章詞刻』，上海辭書出版社二〇一一年版，下册，第四〇六頁）這也是厦門近代詩史中的一件軼事。

《陳丹初先生遺稿》所收詩多加注，説明本事，地方史料豐富。其中《鴻爪集》之《鷺江雜詠》三十三首，尤多厦門文人交遊、詩人活動史料。如：

《小蘭亭修禊》題注：癸酉年（一九三三年）三月三日，菽莊主人『集吟侶修禊於此，各賦一詩』（《鴻爪集》第二一頁）。

《虎溪修禊》題注：丙子年（一九三六年）三月十三日，『蓀浦集厦鼓詩友澍邨、幼垣、健菴、紹庭、昌庭、亦籛、紹丞、軍弋、幼山、伯行、秀人、繡伊、宜侯、幼璿、警予、雲聲、竹園與予，凡十九人，作展上巳』（《鴻爪集》第二一頁）。蓀浦即蘇大山（一八六九—一九五七），泉州人，菽莊吟社核心吟侶『十八子』之一；時為菽莊駐社賓客，參與吟社活動的組織。此詩為五古，有句：『菽莊禊重三，六度附驥尾』。自注：『歲甲子三次，戊辰、庚午、癸酉各一次，均紀以詩。』（《鴻爪集》第二一頁）

《南普陀》題注：庚午年（一九三〇年）閏夏，『與周癸叔、繆子才、雷振扶、陳定謨、陳省吾、呂肖謨、曾詞源、陳晴圃、謝爈因諸子，蘇警予、謝雲聲、虞德元、蔡文暉、曾金章、王美璋、唐崇熹諸同學，暨實甫仲弟遊此』（《鴻爪集》第二三頁）。這次南普陀寺之遊，有厦門大學的多位教授參與。周岸登（一八七二—一九四二），字道援，號癸叔，後別號『二窗詞客』，四川威遠縣人，民國著名詞人，時任厦門大學國文系教授，有詞集《蜀雅》流傳於世。繆篆（一八七七—一九三九），字子才，江蘇泰州人，時任厦門大學哲學系教授，遺稿有《文存詩存》等。雷通群（一八八八—？），字振扶，廣東臺山人，時任厦門大學教育學院教授，曾為陳桂琛《鴻爪集》作序，有《覆瓿集》。陳定謨（一八八九—一九六一），江蘇昆山人，時任厦門大學哲學社會學教授，兼任閩南佛學院講師，未見其詩詞作品。

《寶山巖登高》題注：庚午年（一九三〇年）重陽日，『同遊者蓀浦、健菴、昌庭諸君，暨予仁弟，女樹蘭』（《鴻爪集》第二五頁）。

《虎溪踏青四首》題注：癸酉年（一九三三年）三月，『紹丞集厦鼓吟侶踏青玉屏山，與會題名者凡三十二』（《鴻爪集》第二五頁）。『紹丞』即龔顯禧（一八七六——一九四四），字紹庭，福建晉江人，林菽莊夫人龔雲環的堂叔，菽莊吟社核心吟侶『十八子』之一。

《洪濟山登高》題注：戊辰年（一九二八年）重九日，『菽莊主人少君剛義、崇智昆玉，柬邀社侶，作登高會。登茲山者，僅沈琛笙、蔡澍邨、余雨農、蘇蓀浦、龔伯摶、龔昌庭、施健菴、馬亦籛、賀仙舫、葉少峰、柯伯行、江晴菴諸君，暨予十三人』（《鴻爪集》第二六頁）。剛義、崇智昆玉，分別為林爾嘉次子和四子。這次活動也是菽莊吟社雅集，當時菽莊主人林爾嘉遠在瑞士養痾，活動便由其子出面招集。

《醉仙巖登高》題注：己巳年（一九二九年）重九日，『與選閑、蓀浦、健菴、遜臣、昌庭、少椿諸君登醉仙巖，憩天界寺』（《鴻爪集》第二七頁）。

《遊留雲洞登觀日臺》題注：癸酉年（一九三三年）七月，『與畫家孫裴谷及照寰、少波登臨，賦詩即送裴谷還韓江』（《鴻爪集》第二七頁）。孫裴谷（一八九一——一九四四），名熙，號裴谷山人，廣東揭陽人，著名畫家，二十世紀三十年代曾在厦門舉辦個人畫展，時執教於潮州師專。

《白鶴嶺》題注：丙子年（一九三六年）十一月，『同少淵、迍默、秀人、子懌、繡伊、宜侯遊此』（《鴻爪集》第二七頁）。從參與人員看，這可能是星社的一次活動。

《馬氏園林賞菊》題注：丁巳年（一九一七年）十月，『偕幼垣、復初、屏山、蘊山、乃沃諸君戾止』

（《鴻爪集》第二八頁）。馬氏園林係馬祖庚別業，在海澄霞陽（今屬廈門海滄）之東。馬祖庚，字亦箋，福建海澄人，菽莊吟社核心吟侶『十八子』之一，曾任霞陽中西兩項小學堂（即霞陽小學的前身）校長，中南銀行董事、廈門華僑銀行經理，是民國時期廈門富商、詩人。

其他如《北谿集》中《丙子立春前一夜，星社吟侶集余北谿別墅談藝，不期而會者七人。宵分送客橋亭，舉頭見月，觸景生情，歸寫此詩，畢而鄰雞報曉矣》一詩。丙子即一九三六年。星社是廈門律師胡巽（軍弋）於一九三四年創立的詩社，社址即設在他的律師事務所，詩侶十多人。（新蟬《鷺江詩社補遺》，廈門圖書館編《廈門軼事》第二七〇頁）『不期而會者七人』，詩中注明者有六人：繡伊（李禧）、秀人（吳尚）、子懌（施隨）、軍弋（胡巽）、宜侯（楊昌國）、幼山（蕭培榛）；另一人應為作者自己。這七人應該就是星社的骨幹吟侶。

三

遺稿中的《抗戰集》《投荒集》是陳桂琛旅菲所作，反映的是二戰時期中國抗日的宏偉場景和南洋華僑的生活片段，詩的格調與前二集迥然有別。誠如彭震球在《讀丹初先生詩文感言》中所說的：『其詩分為鴻爪、北谿、抗戰、投荒四輯。前二輯係戰前之作，境界澄澈，音節平和，發聲鐘呂之中，寄興簞瓢之素，饒有淵明、東坡之逸響。後二輯乃我對敵抗戰，及避難投荒之作，睠懷故國，憂心怛怛，蘊劍南慷慨之懷，托心史沉哀之感，讀之至令人悲痛！』（《陳丹初先生成仁廿五週年紀念刊》第二二頁）《抗戰集》是一部抗戰詩史。作者在首篇《抗戰十四首》小序中寫道：『「九一八」之役，余客滬瀆，「一·二八」之役，余歸鷺門，先後成感事詩十八章。蘆溝釁起，余適渡南溟，旅居宿霧。慨自全民抗戰，七月於茲，兵燹所經，頓成焦土；睠懷祖國，憤愾交並。爰就所聞，賦《抗戰》如干首，非敢比擬開、天亂離之什，聊以昭炯戒、激眾憤、圖報復也。』（《抗戰集》第一頁）關於這些抗戰詩的寫作，作者門生王美璋《悲傷的回憶——丹師殉難前後》回憶道：『「七七」抗戰以後，丹師對戰事異常關心，每次讀過戰訊，便把報紙剪下來，而以詩紀之。數年來積成近百首，題曰「抗戰紀事詩」。對戰事發生的時間、地點都有詳細的附注，真是一部抗戰的史詩。』（《陳丹初先生成仁廿五週年紀念刊》第二四頁）

《抗戰集》的第一首寫於一九三七年『盧溝橋事變』發生後，詩寫道：『蘆溝橋撼海東鯨，澎湃風潮震舊京。遂使三忠化猿鶴，劇憐再戰失幽幷。平型暫阻長驅下，保定旋看小醜橫。吟罷召旻哀故國，萬民血肉築防城。』（《抗戰集》第一頁）前三聯真實而形象地寫出了當時的局勢和最初的戰況，頷聯『三忠』指抗戰初期為國捐軀的佟麟閣等三位著名將領。其自注云：『南苑之戰，佟副軍長麟閣、趙師長登禹，與土同焦；南口之戰，楊團長芳珪，與壕塹同毀。』（同上）這裏『楊團長芳珪』當為『羅團長芳珪』之誤。南苑、南口兩戰役發生在一九三七年七八月間。八月十九日上海《申報》報導南口戰役稱：羅芳珪部流血奮戰，死守不退，以致全團殉國，團長以下無一生存。其實羅芳珪陣亡的消息是誤傳；他當時身負重傷，經搶救得以生還，重上戰場後於隔年四月在台兒莊戰役中壯烈殉國。尾聯所稱『召旻』是《詩·大雅》中的一首，詩刺周幽王的無道，為國勢衰弱而心憂。尾聯通過吟《召旻》來抒發作者憂國憫時的情懷，同時也表達了流寓海外的愛國華人呼籲全民一心、血戰抗敵的共同心聲。

當戰火蔓延到故鄉福建後，陳丹初寫了閩海戰況：『屏東鐵鳥起南天，敵艦如雲海上連。巨彈頻來炸禾厦，偏師又擬擾漳泉。兵加以海歸魂地，事異盧鏜破賊年。太息故鄉誰禦侮，藤牌子弟合當先。』（《抗戰集》第二至三頁）前四句寫侵閩日軍的恣意妄為和暴行，後四句寫家鄉人民的奮起禦敵。第六句『盧鏜』、第八句『藤牌子弟』均用明代閩南抗倭事典。盧鏜於明嘉靖年間任福建都指揮僉事，指揮抗寇，屢立戰功。另據載，俞大猷在明嘉靖年間為平東南沿海倭患，在福建漳州一帶組建藤牌兵；後戚繼光發揚其『藤牌兵戰術』，取得抗倭的輝煌戰績。

一九三八年五月十三日厦門淪陷，陳丹初又寫道：『故國烏衣事可哀，覆巢轉眼化塵灰。換防妄效空城計，為鷸翻成誨盜媒。五百士慚田氏客，八千人陋李陵臺。更憐孤壘炊煙絕，發炮猶遮敵艦來。』（《抗戰集》第六頁）詩後有一個長注，詳細介紹了淪陷前後的複雜局勢和當時的戰況，包括日本間諜潛入厦島竊取情報，厦門駐軍換防妄設空城計而日軍乘機進攻，個別軍官臨陣逃逸導致失防，廣大軍民頑強抗敵死亡數千，等等。注稱：『壯丁數千人……以彈械兩乏，無人指揮，乃分散作遊擊戰，猶據西山洪濟山一帶，未肯退卻，有效夷齊之餓死首陽者。童子軍則沿途負救護之責，不因敵兵之兇暴而氣沮。』（同上）戰鬥極為慘烈。詩寫得很悲壯，表達了對故鄉淪入敵手、人民遭受塗炭的哀痛和對厦門軍民抗敵的頌揚。首句『故國烏衣』指厦門，傳說鷺島為古之烏衣國。頸聯用了『田橫五百士』和『李陵臺』（傳說漢將李陵兵敗投降匈奴後築望鄉臺）之典，在詩人看來，厦門軍民浴血抗敵、寧死不屈的壯舉，要令『田橫五百士』覺得羞慚，令李陵『望鄉臺』顯出醜陋。

胡迎建著《民國舊體詩史稿》以陳桂琛的抗戰詩殿後，評論道：『《抗戰組詩》七律三十首，律對精嚴，格調深沉，用語不避時代辭彙與俗語，而又融化無間。』『他雖身在異邦，而心繫故國，其詩幾乎對當時敵我雙方消長的形勢都有記述描寫。他將全部心血寄託於詩中，功力也較深厚，故詩風沉雄。』（胡迎建：《民國舊體詩史稿》，江西人民出版社二〇〇五年版，第五五〇至五五一頁）這個評論很中肯。

陳丹初遺稿之《投荒集》係作者在人生的最後幾年偕僑校同仁避難研古島荒山時所作詩，計收詩四十八首，主體為組詩《山居漫寫三十六首》，反映其山中艱苦生活，同時表達哀時憫人、懷鄉思親之情。如：『竄身荒谷為求安，翻使青蠅弔影單。亂世果然人命賤，病無藥石死無棺。』（《投荒集》第五頁）『久客何人不念家，況當離亂各天涯。死生流轉憑誰問，望斷排空雁影斜。』（《投荒集》第六頁）『黑劫灰飛歲月侵，家山萬里夢難尋。眼前底物催人老，半為羈愁半苦吟。』（同上）『已將奔迸流離況，寫盡酸窮苦澀詩。直個詩囚媲郊島，不知放赦是何時。』（同上）這些詩多哀而不傷，深切感人。

《陳丹初先生成仁廿五週年紀念刊》亦選輯陳桂琛的部分遺詩，分為《雜詠》《抗戰》《感賦》三集，大多已見於《陳丹初先生遺稿》。幾首新入選者，均係作者到菲律賓後的感時懷人之作。作者在這些詩中詩深切表達了對戰火中的故鄉哀慟和對亂離中親人的思念。例如，他用陸遊《過野人家有感》句『家山萬里夢依稀』為起韻，作《轆轤四章》，表達這種悲愴的心情。如其一：『家山萬里夢依稀，炮火連天血肉飛。荊棘載途狼虎在，鷺江風景已全非。』其二：『萬戶千門掩落暉，家山萬里夢依稀。可憐舊日烏衣燕，飄泊無家繞樹飛。』詩的小序也寫得極為沉痛：『鷺門淪敵，欻忽經年；遊子懷鄉，形諸夢寐。放翁詩曰：「家山萬里夢依稀」，若為予寫照者。用刺其語，綴轆轤詩四章，聊以排悶。嗟呼！長鯨跋浪，幾變滄桑；玄鳥無家，競棲林木。緬懷故國，愴焉欲涕。固不僅哀江南，動鄉關之思已也。」（《陳丹初先生成仁廿五週年紀念刊》第六〇頁）黍離之悲，躍然紙上。五律《寄相思》云：『亂後音書絕，何從問死生。艨艟雖遠遁，蛺蝶尚橫行。堅壁期焦土，穿壕接短兵。西風憐雁影，三處各飛鳴。』其小序云：『寇以飛機戰艦轟炸厦門，音書阻隔，兄弟家人，天各一方。感賦一律，分寄厦門實弟、岷江蕉弟、星洲雲妹。』（同上）這首詩把家人的流離飄零與敵侵戰亂的時局結合在一起寫，牽掛家人和感念時局的心情交融在一起，顯得特別沉痛悲涼。

四

《陳丹初先生遺稿》的最後一部分是《文集》，計收各體文稿十六篇。其史料價值，一是有多篇詩序，留下厦門近代詩史資料。如《菽莊修禊序》，記庚申年春惟元巳，菽莊主人會群賢於鼓浪嶼之藏海園修禊事。《蘇警予謝雲聲甲子雜詩合刊序》，這是丙寅秋為蘇警予、謝雲聲合著《隨天付與廬靈簫閣甲子雜詩合刊》所作序。該書係二人甲子年（一九二四年）所作詩的合集，厦門文化印書館一九二六年刊印。序中稱許二人詩『行間璀璨，聲情沈烈』，『於定菴詩為近』（《文集》第三頁）。《琴心劍膽樓詩序》，這是一九三三年年初（舊曆壬申小除夕）為陳覺夫詩集寫的序。序云：『陳生覺夫，曩在同文中學時從予學，間為詩多性靈語，卒業後設教菲島，為詩益多。』又稱其詩『緣情而作』，『不囿於派別，落於窠臼』（《文集》第二〇頁）。《菲島雜詩序》，這是一九四〇年五月為蘇警予詩集寫的序。該詩集收作者抗戰期間流寓菲島時所作詩一百三十餘首，菲律賓一九四〇年刊印。序曰：『讀其詩，則激揚悽楚，其雄邁之氣，可以廣秦風之無衣；其憂悄之思，可以補王風之黍離。……沈濤園有言，國雖板蕩

不可無史，人雖流離不可無詩。警予此詩，謂為詩史可也。』（《文集》第二三頁）

另一是厦門近代教育文獻史料。如《〈同文聲〉發刊詞》、《厦門私立同文中學（原名同文書院）三十週年紀念徵文啟》（戊辰）、《厦門私立勵志學校十週年紀念並新校舍落成徵言啟》，以及《墨史周先生墓表》（民國十九年八月）等。其餘以家族史料居多。

《陳丹初先生成仁廿五週年紀念刊》，除了紀念詩文和題辭、丹初遺稿遺墨選之外，還收錄陳丹初生前所編《陳右銘先生渡海尋骸圖題詠》和《喬影望賒錄》（其父陳右銘挽詩挽聯錄）二種圖文詩聯集，作為附卷。

《陳右銘先生渡海尋骸圖題詠》凝聚了陳丹初的大量心血。陳丹初之父右銘（約一八六一——一九三一）渡海尋骸之事，係陳之祖父在臺灣鳳山縣經商逝世，十三年後陳父右銘渡海負骨歸葬，備歷艱辛。陳丹初作《家君渡海尋骸事略》記此先君孝行，並請海內師友名家題詞、作畫，編成此冊。其子陳孟復在紀念刊的《寫在刊後——愴念先君成仁廿五週年》一文中寫道：『先君臨難前猶戚戚於懷者，有近四十年詩稿暨王父右銘公渡海尋骸圖題詠，均有待整理付梓。……王父渡海尋骸圖題詠，包括題辭及圖各一卷。』（《陳丹初先生成仁廿五週年紀念刊》第一一九頁）『題辭』卷計有詩十一首、文三篇、跋一篇，詩文作者有厦門大學教授周癸叔、繆子才、雷振扶及其他海內名家，跋為陳衍所作。論者均贊陳丹初父子賢孝。該文對『圖』卷也有簡要介紹：『尋骸圖八幅，為夏劍丞、張大千、鄭霽林、吳待秋、馬秉雄、黃賓虹、予紹宋、吳湖帆諸先生所繪，七幅為設色。另有陳太傅（弢庵）手題橫幅、程子大先生篆額及先君所撰《家君渡海尋骸事略》正書一卷等，書畫均出名家手筆，彌足珍貴。尚有譚瓶齋先生書耑，章太炎、吴待秋諸先生題跋，惜已不存，慮散佚或付劫灰矣。』（《陳丹初先生成仁廿五週年紀念刊》第一二〇頁）從尋骸圖的這些作者姓名，亦可知其珍貴。

陳桂琛一生寫作勤勉，撰述豐富。其子陳孟復在前引文中寫道：『先君遺稿有《漱石山房吟草》六卷、《漫鈔》四卷、《手畢》五卷、《文稿》暨《聯語》各一卷，及民國廿五年八月、廿六年六月先後出版之《近代絕句選評》初、續集各一卷。』（《陳丹初先生成仁廿五週年紀念刊》第一一九頁）《陳丹初先生遺稿》和《陳丹初先生成仁廿五週年紀念刊》所收遺稿只是選輯，並非全部。至於作者生前已刊之書，如二十世紀三十年代刊行的《近代七言絕句初集》和《近代七言絕句續集》（即所謂『《近代絕句選評》初、續集』），也早已絕版，難以尋覓。他的這些著作頗有價值，很值得收集和重刊。

洪峻峰

二〇一七年四月於廈門大學

陳丹初先生遺稿

陳丹初先生遺稿

賈景德題

丹初先生遺象

錢菴題

陳丹初先生傳畧

今歲為陳丹初先生成仁十五周年紀念其長女樹蘭抱其遺著詩文來岷謀付梓行世予與陳君覺夫承受所託為籌印資由覺夫編次分為詩文兩部刋印覺夫為之跋予記其傳畧如左

先生姓陳氏名桂琛字丹初號漱石別署靖山小隱世居厦門為厦門人父右銘公樂善好施集同人組織多吉社每逢朔望到處宣講善書夏施茶冬施粥加惠勞工貧民數十年如一日也母楊氏繼母謝氏兄弟四人先生居長民國前三年畢業厦門官立學堂又三年畢業福建優勝級師範數學專修科初任教省立思明中學兼事務主任民國七年改任厦門同文中學教員并自創辦勵志女學二十年任上海漳中學校長兩年歸來重任同文教職及專理勵志校務七七事變後來菲任宿務中華中學教員嗣改任古達磨島中華中學教員日寇南侵避居古島帛雅淵山中而於三十三年(一九四四年)六月六日被日寇所殺同時就義者二十九人嗚呼烈矣先生性孝友重義氣於倫常間融洽無間治學甚勤除精研數學外尤致力中國文史故任教中學時多選授文史亦其所長也平居喜吟詠及賞鑑金石書畫悠

然自樂其生平行誼均詳遺著詩文中不多贅子二樹人居長女四樹蘭居長皆畢婚嫁內外孫衆多卒時年五十有六歲今先生遺著詩文梓成九原有知可無遺憾矣

一九五九年十月警予蘇甦撰於菲律濱籟社

序

吾友陳子丹初歿後十有五年其門下士覺夫陳君參訂其遺著輯其有關君身世者將壽諸梓以余知君稔必欲得余一言為之序嗚呼余烏忍序君哉世運當晦明否塞之秋士君子夙具節操不甘降志辱身者輒飄然遠引若韓致堯遯跡閩陬司空表聖退隱王官谷戢影韜光而不悔君遭七七之變避地南來託身教育界往往傷時憂國發為憤激悲歌風雨如晦雞鳴不已所謂亂世而君子不改其度者乎逮菲島淪胥君竄身荒谷與其徒躬耕以自晦卒因取忌而殞身斯誠吾道之阨也余光復後返厦任職文献委員會兼與修厦門志既為君立傳表彰其志操而君復有叢叢述作以垂後鷙鳥雖亡猶存勁羽君可瞑目九原矣余與君為紀羣世交又衡宇相望也緣楊明月恍同元白之比隣曾共組海天吟社於鷺嶼又先後參加菽莊鷺江諸吟社春秋佳日雅集觴詠時親炙石遺耐公諸老獲挹其風采緒論而詩境一進兩人詩皆選入石遺室詩話及菽莊叢刊勝會不常舊遊如昨而君遽隔人天歎逝傷離不禁山陽隣笛之感焉余偶有擬作懶不自愛惜隨手抛棄君詩文錄集靡遺編次整然以待梓殆戀戀於身後之名者覺夫篤師門之誼能竟君生前遺志

而朋舊慕君品概共集資以襄其事俾斯集流播海内外慰君在天之靈爽是皆可風也

屠維大淵獻孟秋之月柯伯行叙於菲京

鴻爪集

朱序

陳君丹初厦門詩人也與江南遯叟神交者有年頃從三千里外抵書來言曰生平躭吟咏積二十餘年有詩千餘首嘗服膺隨園老人之言云人世有片言隻字供人指摘便算天地間有此人在感昔人以多讀好書交好友看好山水為平生三大願緣是將紀遊山水之作裒之都若干首先以付之手民名之曰鴻爪集此丹初自證自慰之一大願也遯叟矍然作而曰丹初之志遠矣其意念深矣人立乎天地之間泯焉沒焉負此生即負天地生不得有為於世此事之無如何者我以寄情於山水因山水而寄情於詩而我之一生遂不與草木同泯沒古之詩人亦若是焉而已易有之曰鴻漸於逵其羽可用為儀此大丈夫得志於天地間之所同也又古詩有句云飛鴻響遠音此負才握奇之士不得已而以詩自鳴不泯沒於天地間之所為也丹初工詩詩且富而先以紀遊之作流播海內身世滄桑即不獲為羽儀之用而音響之傳於遠者豈有量哉僕不文更不足言詩丹初辱以嚆矢為訂不獲辭即就大集鴻爪之意而申之若此丹初其相視而笑焉否乎

庚午孟秋之月江南遯叟朱家駒時年七十有四

雷序

溯余識陳子丹初殆以詩介蓋余雖不能詩而好焉嘗謂詩家胸臆遼廓無垠岸適哲學家而無其拘執氣直欲鑿渾沌之七竅起死人而肉白骨者也詩壇之見重於泰東泰西不有由哉莊子者吾國點綴化工之大手筆其想象兼具詩界與小說界之長使乎無生之物盎然具有生氣更或湊合人倫三百篇之賦比興若與挈短量長尚覺壽陵餘子之瞠乎落後也今閱丹初詩每於無情中翻出有情眞欲使傀儡傅粉八戒儗人矣如詠燕子磯一絕云玄鳥含泥力已微何時化石作江磯磯頭別有癡男女願化青衣燕子飛至其考覈詳贍辨折毫芒直欲使一邱一石具有信史則又為詩人之才大而心細者如詠莫愁湖一絕云湖雨湖煙認故鄉莫愁兩字姓名香憐渠詞客爭題詠半誤襄陽半洛陽詠寒山寺云題詩莫繼張公後漁火江楓萬古愁我到寒山尋逸響鐘聲已渡海東頭蓋深慨倭人之以眞鼎去而以贗鼎來也睹此吉光片羽具證丹初優有詩才君方春秋鼎盛綆長汲深繼是以往詩境寧有涯涘茲刻所裒乃山水紀遊之作余媿無匠石之識凡斯所論譬諸坎坎伐檀僅辨其一葉之香云爾

中華民國二十年一月振扶雷通羣序于厦門大學

題詞一

衡陽　沈琇瑩　琛笙

玉樹歌殘無王氣，桃花扇底有啼痕。南朝興廢渾閒事，贏得詞人一斷魂。

登亭欲放林逋鶴，溉釜誰烹宋嫂魚。夜半西湖一片月，清遊不讓龔尚書（用秦音叶）。

驪頷探珠莊子笑，馬留守柱漢人悲。斯遊奇絕平生冠，請看東坡海外詩。

瘦島佛龕三昧集，少陵詩史寸心秋。老夫客裏無憀甚，醉後高吟作卧遊。

題詞二

無錫　王蘊章　西神

蠻花椰酒記遊蹤，二十年前識孟公。三好輸君能實現，一編勝唱大江東。

民國紀元于役南洋，信宿廈門，即聞　丹初先生之名。歸來海上，出示此編，如溫昔夢。生平三好，具有同情，身後千秋，看君早就。漫題一絕，藉誌欽遲，即乞　指正為感。

西神王蘊章並識

鴻爪集目錄

金陵雜詠十六首
西湖雜詠十三首
蘇州雜詠八首
無錫雜詠十二首
申浦雜詠八首
海寧觀潮一首
嶺南荔枝灣五首
榕城雜詠十二首
金門鼓岡山一首
鷺江雜詠三十三首
香港愉園一首
菲島雜詠十二首
菲島竹枝詞十六首

鴻爪集

厦門陳桂琛丹初

金陵雜詠 有序

金陵爲吾國東南形勝之區六朝有明之故宮在焉山水人文素稱秀發興亡事蹟昭垂史乘自國府奠都於茲更爲中外人士所瞻仰己巳七月予遊學滬上復旦大學課暇往遊偕葉學程吳榮垣二君訪勝探幽屢經晨夕雖首都風物足跡未周而目謀思存口吟成什投之行篋凡十六章命曰金陵雜詠非敢附秣陵之集聊以寄覽古之情云爾。

鍾山 在中山門外諸葛亮所稱鍾山龍蟠者也因漢蔣子文死事於此一稱蔣山元時山上有紫雲繚繞又名紫金山周圍六十里高一百六十八丈琳宮碧宇四十餘所

龍蟠艷說帝王居形勝曾經百戰餘六代朱明同過隙山容無恙尚如初

明孝陵 在鍾山東與中山陵接近

萬紫松楸紫氣凝忍教樵牧漫攀登手鋤非種光華冑合並中山峙一陵

中山陵 在鍾山西與孝陵接踵其全部範界成一鐘形由陵門上廣原凡四百餘級始登平臺臺寬約百呎長約四百呎臺之中即祭堂堂頂穹窿上以磁砌飾青天白日地面則鋪紅色煉磚蓋滿地紅之徵象也

堂內建總理石像堂之四壁以意大利石製成墓門鐫天地正氣四字前立墓碑門作雙重自祭堂入門升級而達機關門入墓室室圓形穹窿頂亦以磁砌飾青天白日中安置石槨繞有石欄祭者可在此瞻仰墓之外部僅露圓頂依山而立堂之屋頂舖綠磁瓦飛簷搏風氣象雄壯十八年六月一日國府奉安總理靈櫬於此

共和創造繼華林銀海魚膏詎所歆滿坎無封傳盛德神堯願葬輦山陰

雨花臺

臺久傾遺址不存相傳梁武帝時有雲光法師講經於此天雨賜花故名上有講經坡極巔有礮臺形勢險要爲兵家所必爭

臺址荒蕪雨不花講經坡上夕陽斜可憐佛火沈蕭寺祗聽隆隆震礮車

方正學墓

在雨花臺上有亭曰方亭係紀念先生之建築物

南史書逃一字難陳退菴句見危授命寸心丹拚將十族殉君國毅魄千秋骨不寒

秦淮河

在復城橋西爲六朝煙月之區畫舫櫛比歌聲徹天憶桃花扇有句云一帶妝樓臨水蓋家家粉影照嬋娟可想見秦淮之佳麗矣民十七國府厲行禁娼淫靡之風始息

兩三畫舫尚句留無復笙歌拾翠遊洗盡六朝脂粉氣只餘風月共清流

桃葉渡

渡已移徙故址在今秦淮利涉橋爲晉王献之迎妾桃葉渡江處

此亦當年一愛河琅邪辛苦為情磨美人黃土今安在打槳猶傳桃葉歌

莫愁湖

在水西門外相傳南齊時盧女莫愁居此外此尚有二一石城人見舊唐書音樂志一洛陽人見梁武帝歌宋周邦彥詞西河一闋專詠金陵有莫愁艇子曾繫之語是誤以石頭城爲石城今詠莫愁湖者或用盧家少婦語則又誤以洛陽之莫愁爲石城之莫愁矣

湖雨湖煙認故鄉莫愁兩字姓名香憐渠詞客爭題詠半誤襄陽半洛陽

雞鳴寺 在臺城北塹本梁同泰寺故址明洪武改建易今名內有豁蒙樓北眺玄武湖風景絕佳

古刹巍峩佛貌尊豁蒙樓接禁城闉我來肯下陳蕃榻要作中宵起舞人

胭脂井 在雞鳴寺左陳時景陽宮井也隋兵入宮城陳後主自投於此以其石欄有脉雨後以帛拭之作胭脂色後人遂易今名上覆以亭碧水一泓隣居汲飲於此

銀牀剝蝕土花鮮俯視鱗鱗甃底泉但有胭脂表顏色驚鴻倩影恨難傳

臺城 在雞鳴寺北本吳後苑城晉修之築建康宮時稱朝廷禁省曰臺故名周約百里六朝宮殿皆在此侯景之亂梁武餓死城中清高宗詩云捨身同泰無迴志揖盜東華可悔心詞至痛切及陳後主亡宮毀現僅存遺址一段國府特令保留之以存古蹟

六朝宮殿委荆榛賸有鳴雞解報恩怪底捨身難度劫頹垣一角戀飢魂

燕子磯 在觀音山磯石突出江上三面懸壁形如飛燕登磯俯瞰洪濤駭浪胆寒股慄嘗有失戀者自沈於此村人因榜想一想三字以警之

玄鳥含泥力已微何時化石作江磯磯頭別有癡男女願化青衣燕子飛

三台洞 爲崖山十二洞中之最幽者有觀音泉一線天天一洞神仙洞諸勝懸崖六折始達厥巔中有玉皇閣最上層洞祀老子危石半空勢若俯墜

崎嶇六折手攀來十二崖山衆妙胲危石半空通帝座始知身已上三台

玄武湖 在今五洲公園周四十里宋元嘉中黑龍見因名孝武大明時大閱水師於此又有昆明之稱予放舟蕩漾時紅荷未殘幽香四溢已而風雨驟至衣履盡濕焉

豈有蛟龍翻黑水秪餘菡萏鬭紅姿扁舟一雨微茫裏彷彿昆明習戰時

梁園 園久廢今五洲公園中之亞洲中有湖神祠係昭明太子梁園舊址

也有梁園擬汴京孝王品學遜昭明湖神祠畔尋遺址陵谷滄桑一愴情

周處臺　在石觀音寺二十年前某官建祀宇於寺傍榜曰周孝侯讀書處懸遺像其中

斬蛟射虎勵吾志三害幡然一旦除數到剛稜能折節留侯兵畧孝侯書

西湖雜詠　十三首

靈隱寺　在靈隱山麓晉咸和元年西僧慧理登茲山建靈鷲靈隱靈峯諸剎今靈隱獨存寺毀於唐大歷六年後稍興復規制未宏吳越忠懿王開拓殿宇宋眞宗賜稱景德靈隱禪寺元明興廢靡常清順治僧宏禮重建有覺皇殿直指堂尙鑑堂聯燈閣華嚴閣青蓮閣梵香閣玉樹林紫竹林萬竹樓諸勝清康熙二十八年賜名雲林寺雍正乾隆代有修葺洪楊之役毀廢殆盡清末盛宣懷購巨木於美洲重建樓閣左有羅漢堂供羅漢五百尊高與人齊北山勝境當以靈隱爲最

慧理開山繼五丁一峰劈裂建三靈靈山劫後靈光在五百阿羅又見形

飛來峰　又曰靈鷲峯靈隱寺案山也晉僧慧理嘗登山而歎曰此是中天竺靈鷲山之小嶺不知何年飛來後人因以名峯峯高五十餘丈而蒼翠玉立奇突詰曲上多異木不假土壤根生石外矯若龍蛇翠蕤蒙羃冬夏長青洵武林山之第一峯也

靈鷲岧岧玉筍班靈山小駐砭癡頑那知石也貪仙窟靈隱山一名仙居山佛地飛來竟不還

韜光庵　在靈隱寺西吳越王建舊名廣嚴庵唐僧韜光卓錫於此遂以其名名之石磴百數級筠篁夾植草樹蒙翳晨曦穿漏如行深谷中由韜光徑援蘿挽葛可三四里乃達庵中寺頂有石樓正對錢塘江江盡處爲海故唐宋之問有樓觀滄海日門對浙江潮之句世稱韜光觀海以此

援蘿挽葛遵篁徑直上層樓眼界遙洶盡名心澄俗慮何須銀弩射江潮

三竺

在靈隱山飛來峯南分上中下三天竺下天竺在飛來峯南有寺曰法鏡晉僧慧理建中天竺在稽留峯北有寺曰法眞隋僧寶掌建上天竺在北高峯麓有寺曰法喜吳越王建三竺皆奉大士而寺宇之宏麗以上天竺爲最香火甚盛有不遠千里而來禮拜者地勢三面阻山中路直闢若函谷然長松夾道唐刺史袁仁敬所植凡九里名九里松山

九里松山闢一門上中下竺恰三分地如函谷成香市上界鐘聲下界聞借用白詩

岳王墓

在棲霞嶺之陽俗稱岳墳子雲祔明嘉靖間巡按御史張景鐫盡忠報國四大字階下有柏號精忠柏極蒼勁正德間指揮李隆範銅爲秦檜王氏万俟卨反接跪露臺下萬歷間增張俊像淸重修五次民國十二年盧永祥復捐貲修葺重興土木廟貌一新

趙家累代無坏土霞嶺千秋有墓墳看到後金王氣盡松楸北指亦欣欣

于少保墓

在法公埠明于少保謙遭誣枉死子冕奉喪歸葬於此萬歷間謚忠肅祠奉公像冕祔焉墓後羣山環繞樹色參天旁有夢神祠舊俗每歲仲秋舉子多祈夢於此

羣山環繞樹長青華表魂歸夢可憑但使乘輿歸帝座藏弓烹狗目甘瞑

蘇龕洞

在煙霞洞左僅一石龕舊鐫財神淸光緒壬寅歲湯蟄仙大令見而斥之以東坡嘗遊此易刻坡象陳藍洲豪丁修甫立誠又重修之易今名蘇龕賦詩有凜然執議力嚴石亦革面奎宿招以來錢神俄自竄之句

自從革面蘇龕立銅臭消除物議伸笑彼孔方能使鬼不能爭坐向詩人

煙霞洞

在石屋嶺南曲折幽深勝於石屋舊傳晉僧彌洪結庵洞口發現茲勝洪楊之役日就荒蕪淸光緒間閩僧學信募貲修葺多所興築故住持對閩人獨加禮洞以素菜著名遊客每讌會於此

相從古洞飯胡麻多謝闍黎禮有加香積食餘感緣分却憐臣疾在煙霞

吸江亭

在煙霞洞上石柱石几幽邃高朗北俯錢塘潮如萬馬奔騰洵奇觀也

高亭突兀壯懷開俯聽濤聲殷似雷安得江流變春酒隨風滾滾入瓊杯

水樂洞

在煙霞嶺下洞內寒泉仰沸有聲爲宋楊郡王別業宋賈似道購得之疏壅導瀦節奏乃顯今已淤塞其聲幽細幾不可辨林琴南有記記其事

泉噴石激成天籟逸響希微咽古琴秋壑平生肆聲色獨留雅樂待知音

九溪十八澗

九溪在煙霞嶺西南其支流爲十八澗發源楊梅嶺自煙霞達理安必由之路羣山迴轉石徑參差溪壑幽深俞曲園謂西湖最勝處

蒼山疊疊水灣灣嵐影波光萃此間却到盡頭剛一轉引人聽水又看山

龍井

本名龍泓在風篁嶺後相傳葛洪煉丹處流自深山亂石中出與幽花野草延緣山磴間甘且清冽與虎跑泉齊名

疑是仙家石乳含延緣山磴泌成潭龍團久把詩腸潤今日兼嘗此井甘

雷峰塔

在雷峰上昔郡人雷龍築庵居之故名吳越王妃黃氏建塔其上以藏佛螺髻髮故亦名黃妃塔近人陳乃乾著黃妃辨謂黃妃乃王妃之誤五代史不載錢俶有黃妃又稱黃皮塔以其地嘗植黃皮木盖語音之訛耳塔始以千尺十三層爲率後僅成五級每當夕陽西墜塔影橫空故有雷峯夕照之稱爲西湖十景之一年來遊客以俗云塔磚辟邪宜男爭往取磚民國十三年九月二十六日塔忽自傾圮計塔之成迄圮歷九百五十年

一別西湖倏九年湖中十景各爭妍如何夕照南屏下不見雷峰塔影懸

蘇州雜詠 八首

獅子林

在城之東北湖石玲瓏洞壑宛轉分東西兩部各成一大環形東部叠石登降不遑西部則盤旋曲折有如迴紋元至正間天如禪師倡道於此延朱德潤倪雲林等共商叠成而雲林爲之圖取佛書獅子座而名之中有獅子峯含暉峯吐月峯問梅室指柏軒玉鑑池氷壺井修竹谷小飛虹諸勝淸時黃氏購之爲涉園近歸貝潤生所有修葺故址擴充境界氣象一新

洞似螺旋石似猊，畫圖點綴仗迂倪。佛門也有滄桑感，化鶴歸來意轉迷。

滄浪亭

亭舊在北碕宋慶歷間蘇子美建紹興時爲韓世忠所有由元至明廢爲僧居淸康熙間宋犖撫吳時移置山巔蘇子美歸有光宋犖皆有記興廢可考旋被毁於咸豐庚申之役同治間巡撫張樹聲重建今雖日就荒蕪而勝概猶存

明月清風乞自天，刼餘亭榭未全湮。僧寮甲第幾成毁，名士衡門尚宛然。

琴臺

靈巖山一名硯石山山之絕頂有琴臺西子曾鼓琴於此中平坦處爲靈巖寺寺西南有響屧廊遺址今僅存軟沙一徑而已

屧廊秖賸泥沙徑，玉柱曾調硯石巔。莫訝臺荒琴絕響，五湖人去訪成連。

留園

園爲劉蓉峯別業本名寒碧山莊亦稱劉園光緒初歸陽湖盛旭人所有大加修葺易今名其泉石之勝兵火之刼詳俞曲園留園記舊有十八景今湮沒不可考僅餘古木交柯之一耳盛氏補綴勝景如可亭冠雲峯又一村亦不二小蓬萊九曲池者甚多予己巳重遊園已籍沒入官以名勝故仍許遊人觀覽

安排奇石與名花，勝蹟天留歲月賒。俛仰頓成今昔感，平泉草木屬官家。

報恩寺塔

俗稱北寺塔在吳縣城北吳孫權母吳夫人捨宅建名通玄寺在唐爲開元寺錢鏐改建易今名舊有塔十一層再燬再築宋紹興末行者大圜重建僅九層明隆慶中不戒於火僧如金重建推爲一邑浮屠之冠登塔遠眺全城風景歷歷在目

九層塔聳似天梯，脚底風烟眼底迷。我有慈恩猶未報（先妣棄養三十五年矣），不堪回首白雲低。

寒山寺

在楓橋之西以唐張繼詩著名淸季雲陽程德全集貲重建落成於辛亥六月唐鐘已燬讀康南海石刻云爲日人輦去今所存者係明治二十八年由日本送來臨風懷古爲之慨然

題詩莫繼張公後，漁火江楓萬古愁。我到寒山尋逸響，鐘聲已渡海東頭。

五人墓 在虎邱山塘基即普惠生祠蘇撫毛一鷺所建以媚權璫者復社諸君子捐金斂葬顏佩韋楊念如馬杰沈楊周文元於此勒姓名墓碣前豎巨碑吳默題曰五人之墓有張溥韓馨碑記今民居逼處塚幾湮沒矣

博浪一擊快恩讎負販權奇勝士流寒壟漸蕪殘碣樹千秋顏馬沈楊周

眞娘墓 眞娘吳時美人墓在虎邱劍池之西上覆以亭行客感其華麗競爲題詠有譚銖者書一絕云何事世人偏重色眞娘墓上獨題詩

伯鸞穿塚近要離霸主眞娘亦並垂如此江山總生色非關色相為題詩

無錫雜詠 有序

無錫為縣文化啓自荆蠻嘉名肇於炎漢地則水陸交通業則工商並懋名勝之九峰山色萬頃湖光古蹟之塔紀專諸院號東林尤為四方人士所欲命駕來遊者己巳秋中驅車戾止山川勝概前賢遺蹟足資流連輒紀以詩得十二章命曰無錫雜詠同遊者内兄希泉宗人初言弟婦彤霞女樹蘭

惠山 舊有西神門龍華山歷山慧山諸名爲湘楚東來天目之支脈數百里内山嶺悉朝宗焉上有九峯故曰九龍下有九塢及第二泉頭茅二茅三茅諸峯勢尤刻削遙望太湖三萬六千頃吞吐大荒故又有湖山第一及江南第一山之稱

九龍噴出五湖煙九塢包函第二泉個是江南山第一三茅峻極位中天

第二泉 在惠山第一峯白石塢下舊名惠山泉今分爲三池上池圓味甘人所汲飲者中池方味澀不可飲下池在漪瀾堂前泉水由螭吻而出上池中池有亭覆之曰二泉亭以唐陸羽品天下泉二十列爲第二

也又名陸子泉李德裕居中書酷好此泉特置水遞餉轉不絕由是名聞全國宋高宗南渡飲其泉而甘之榜曰源頭活水今亭重建而榜已廢唯乾隆題碑猶嵌亭壁元趙孟頫清王澍各書天下第二泉五字勒于石

在山泉水本相侔方澀圓甘理費求自笑頭銜題漱石余別署漱石山人山靈許我枕清流

若冰洞

在陸子泉上一名北岩洞徑可二尋深不可測爲唐僧若冰劚成其右若冰泉爲二泉之水源也故乾隆有討源直到眞源處冰洞翻花萬古寒之句

洞口雲封半綠苔窈冥側出見瀠洄沿流笑指尋源者此是源頭活水來

雲起樓

在二泉亭上危樓一角聳出山麓入門迴廊曲折隔絕塵囂樓前假山委蛇玲瓏透闢爲惠山名勝之冠清邑令廖綸補額有聯曰騰兩邑之歡千村稻熟據一山之勝四照花開其幽雅可想見矣

清泉聽罷觀雲起舒卷無心住此山徙倚樓頭秋正半木犀香氣隔塵寰

寄暢園

在惠山寺側明正德中秦端敏公建舊名鳳谷行窩又名秦園園中舊有凌虛閣錦匯漪鶴步灘七星橋知魚檻懸淙澗諸勝龍山九峯屏列園中澗水疾徐聲如八音爲惠山園林之冠清康熙乾隆南巡均駐蹕於此洪楊之役亭榭花木盡付刼火雖經秦氏子姓略加修葺但殘碑危亭依舊在蔓草荒煙之中

屏列九龍澗八音翠華南幸此登臨紅羊歷劫園林廢墮瓦殘碑草色侵

梁溪

源出惠山古溪廣約十丈深約三丈風帆點點清景入畫以漢梁鴻偕孟光居此故名無錫別署梁溪實原於此

點點風帆短短隄鴻光偕隱畫橋西憐渠一樣湖邊水偏得高人占此谿

梅園

在東山上爲巨商榮德生所築因山爲園樹梅萬株有研泉荷軒洗心泉天星臺留月村誦豳堂諸勝上有軒曰香海南海康有爲所題也最高處爲招鶴亭有石鐫小羅浮三字由此可望太湖而鎮山獨月山分列左右湖光山色美不勝收名聯甚多孫揆均有七十二峯青未斷萬八千株芳不孤之句

彷彿孤山處士家湖光山色共清華我來恰值三秋候萬樹寒梅未着花

黿頭渚

在充山麓望之如黿浮水際形態畢肖所謂天浮一黿出山挾萬龍趨是也清邑令廖綸摩崖書横雲及包孕吳越擘窠大字山麓有涵虛落霞兩亭並擅湖水之勝

羣山勢挾萬龍趨噓氣成雲罩五湖恍見鳴黿浮水上不知鼇應下風無

太湖

古名震澤亦名具區又有笠澤五湖等名跨江浙二省湖中小山甚多東西二洞庭最著水石之勝天然入畫世稱爲洞天福地今爲盜藪遊湖者相戒不敢前矣

太湖三萬六千頃煙水無邊介越吳欲問洞庭看秋色舟人裹足苦萑苻

陶朱閣

在南獨山廣福寺後有范蠡畫象

竹下棲鸞失彼姝扁舟偕隱五湖無鑄金廟貌今猶在底處吳宮與越都

專設諸塔

在城中大婁巷春秋吳公子光使專設諸刺王僚相傳卽在此處磚塔卽爲瘞尸之所前有瓦屋一椽供專設諸位以存古蹟

報楚興吳闔此舉魚腸劍術勝荊軻千秋俠烈留磚塔其奈相殘骨肉何

東林書院

在城中蘇家衕宋名龜山書院元廢爲僧居明顧憲成倡修之與高攀龍主其事榜其門曰東林其後鄒元標趙南星相繼講學力糾政府之失時擬顧鄒趙爲三君是爲東林黨議之始三案事起宣崑齊楚浙諸黨因結魏閹羅織東林誅戮極慘東林及天下一切書院皆毀崇禎有詔修復清咸豐又毀於兵同光兩次修葺嗣改爲東林學堂今縣立第二高小學校卽其址也

季明海內說三君講學東林故跡存虎豹當關憐黨禍一時齊楚浙宣崑

申浦雜詠

抵上海入復旦大學

讀書十八年教學十八載面目故眞吾酸氣仍未改歐風美雨來濤瀾翻學海心潮挾思潮洶湧泉流匯豈宜故步封測海仍用蠡豈宜舊章循右書鄙以蟹嗟予四十強蹉跎固知悔翩然海上來顧盼不自餒賈島求師吟韓愈進學解年力幸未衰或可刮目待

遊葉園登琉璃閣園在江灣之北爲葉仲衡之別業雅擅池館之勝近始開放任人納貲遊觀辛未十月六日偕炳水永和伯煌三同學來遊撮影題詞

閑步葉家園旋登琉璃閣閣中面牕櫺玲瓏透輪郭閣外樹扶疏倒影通一彴從遊二三子襟懷各有託見智與見仁動靜適其適圓光何多情鏡裏留形跡

海上遇雪

幾年海上苦炎熇今日纔看六出霙不覺人情猶冷暖冰天熱海我曾經

清明日龍華寺看桃花

潑火晴來春旖旎鞭絲帽影古龍華薄遊領畧緋桃色有女如雲貌似花

秋日過大風堂張善孖出所作十二金釵圖見貽走筆謝之時善孖正五十初度也

畫虎類多皮相者況探虎性入毫端虎癡善孖別署肖虎又傳性一紙風生斗膽寒

清秋來訪大風堂逐逐眈眈耀彩章莫誤金釵作姬妾色身餓虎試思量

雄關匹馬昔驅馳東渡西行別有思（君壯歲服官關內外比年鬻畫海上扶桑）鬢髮未蒼年曰艾南飛一曲介龐眉

龍華康衢橋步月 有序

辛未九日夜月色微茫客居無聊念年年此日每作登高會顧海上一片平原無山可登因偕同事鶴臯等散步康衢橋上時日氛正惡滬市騷然臨水低徊愴懷有作

風塵擾擾易黃昏底處登高犒一尊偶步康橋望秋月遥傳兵警到荒村龍山勝會虛前夢蝦族要盟竟觸藩忍把遼陽等甌脫執戈衛國向誰論

海寧觀潮行 有序

己巳八月十八日與馮開讓趙季馥王隆藩王欣慕歐陽璜同往海寧觀潮賦此

十年夢想錢塘潮詭觀未覩魂先飄偶然乘興到江滸大聲貫耳心搖搖初看一線青銀色再至茫茫障空白濤山浪屋肆奔騰雷擊霆砰驚霹靂翕忽澒洞勢轉雄欲

傾鯷壑翻蛟宮揚波胥靈竟安在吳儂至今誇神功豈知盈虛互消息只關日月雙吸力大地循環如轉輪漲落未聞差頃刻江流東瀉潮西奔南龕北赭爭一門況當八月秋水盛波湧濤起疑鯨吞當年射弩等兒戲撼越仇吳孰為崇同居二氣陶鈞中何物波臣敢驕恣江水滔滔去復還人情險巇波翻瀾惟有弄潮好身手乍看滅頂又平安

荔枝詞 有序

歲丁巳且月遊嶺南荔枝灣為賦荔枝詞五絕

嶺南帀月滯飄蓬倦眼欣看荔子紅取次飽嘗香色味此行端不讓坡公

火齊成林夾岸香亭亭玉立燦紅妝丹砂顏色丁香核試較當年十八娘

麗質偏教產海隅天公此意不糢糊平章粵蜀誰能定莫遣楊妃笑彼姝

玉潤氷清傲曉霜果中第一又誰當側生細讀三都賦聲價由來上國光

絳綃輕裹水晶丸寫入丹青下筆難擬仿香山圖序例攜歸權當粵裝看

榕城雜詠

由上海附船南下二日泊閩江望羅星山

海客動鄉思移舟向南徙鼓浪入馬江舟牧忽停駛是時日正西餘霞散成綺瞥見羅星山兀作衆流砥其上有浮圖矗立瀕江水憶昔見此山忽忽廿七載歸來十六回山容青未改水從劍津來東奔三百里山形如馬頭潮退石齒齒山嶺如蛇盤見首不見尾水深形勢便巖疆左右峙選勝開軍港四圍堅壁壘敵軍敢深入游魚釜中死豈意歲甲申中法戰釁啓法艦長驅進和戰誤朝旨二張（幫辦福建邊防張佩綸與福建巡撫使張兆棟）與二何（閩督何璟與福建船政大臣何如璋）臨事魄先褫開門揖寇盜先發逞突豕把我軍艦潛將我礮臺燬九州鑄大錯嗟彼肉食鄙撫今以追昔眥裂而髮指還我舊河山亦既有年矣勝概尚依然設險猶可恃北境任蠶食東鄰頻虎視五虎與七鯤衣帶一水耳敵艦橫海來朝發夕可抵寄語當路人殷鑑在前史

同雪泥春澤晨駕小舟遊馬江

凌晨駕舟出曙色淡未熹欸乃一聲聲江水清且漪四圍山樹綠高下自成蹊一塔羅星聳一寺海潮低峯巒筆架列缺處雲補之橫覽山盡處山麓接水湄山皴水煙靄筆意似大癡豈惟工點染墨瀋更淋漓同舟二三人一讀一軒眉天公開圖畫俗眼那能窺持此語孫君（謂孫雪泥畫家）妙筆留赫蹏世人珍粉本坐失天地師

福州西湖納涼

湖在西關外清時湖面荒寂民元後誅茅穿徑廣置亭臺几櫈之屬士女來遊五九之役工程告竣許靜仁世英省長鐫擊揖二字於園石示不忘也丁卯七月偕仲弟實甫來遊

暮色西湖勝蒼山映綠渠納涼麕士女閒話雜樵漁鏡裏光留影曾攝一影濠間樂問魚
臨流懷擊揖欲返又停車

重遊福州西湖

曩游此湖必迂道西關外石徑崎嶇艱於步履今別闢營尾新路架橋而入園中風景尤麗時丙子六月偕雲樵重來

恒蹊荒徑闢風景畫圖開為問臨流者何時擊揖來

烏龍江

江在馬江上游支流風迴水急庚戌冬予由福州過此丙子六月又偕雲樵重經忽忽二十七年矣

廿七年來兩度經風迴水急不曾停扣舷欲作驚人語恐有羣龍為起聽

過螺洲陳太傅宅有序

宅在福州南門外顏曰尚書里公先世望坡先生官刑部尚書時所榜也左抱虎山右挹螺渚地僻景幽有樓五曰晞曰北望曰賜書曰還讀曰滄趣中庋賜書賜壽影榻圖稿照片諸物外則樹石池臺各饒勝概丙子立秋日偕雲樵及瑞甫昆季戾止瞻仰之餘率成四絕以紀之

正是秋風落葉初招朋安步出郊墟滄桑未改尚書里合與鳴珂壯邑閭
螺洲五虎拱垣墉山水英靈閟氣鍾北梓南橋誇盛世歲寒更有後凋松公贈散原詩有平生相許後凋松句

樓頭臚列尚方珍璧上丹青鏡裏人瀏覽賜書兼賜壽恍疑疏傅對楓宸

平泉花木各爭奇太息歸田未有期華屋山丘空感舊瓣香何自話恩私

重遊烏麓題海天閣（有序）

榕城烏石山優級師範是余十六年前畢業地今改為高級中學級友林瀟瑚林申如均為學務委員丁卯七月偕仲弟實甫來遊既承留飲又合葉長青王東生趙靜庵諸君撮影於海天閣題詩其上

一別烏山十六秋海天高閣快重遊地無兵燹荒三舍（校舍一部駐兵被毀）人坐皐比是舊儔歷刼乾坤還此會舉杯談笑共名流雁行更喜聯騏驥攝取圓光鏡裏留

三山座宴集（座在湯門外地僻景幽有溫泉足供風浴丙子六月既望偕雲樵遊榕城蘇幹寶少將招飲於此座中多說詩社社侶林佩丹爲舊相識張秀淵董仲純爲同硯友周蓮茂蘇鴻圖蘇警予方在省受訓者）

相率湯門滌暑來塵心洗却壯懷開眼前舊雨兼今雨座上詩才雜霸才幾輩升沈看寶劍一時離合訴金罍中年意氣疇能遣臨別殷勤首屢回

金門鼓岡山弔明監國魯王墓（王名以海太祖十世孫崇禎甲申襲封魯王乙酉監國紹興師潰鄭采自舟山迎王入閩居中左所鄭成功修寓公之禮戊子居閩安頒監國三年歷有興化以南二十七州縣旋失癸巳去監國之號居金門凡十年壬寅成功歿於台灣諸臣議復奉王監國會王得哮疾於十一月十三日薨年四十五葬於茲盖所嘗游地名鼓岡山野史載成功沈王於海又稱王薨於海）

外皆傳訛也沈光文輓王詩序云墓前有湖即今鼓岡湖去墓里許湖南有石鐫漢影雲根四字王手書也並鐫從亡諸臣詩於後墓年久湮失林樹梅訪得之巡道周凱爲書碑加封植焉呂世宜記其事於碑陰（節錄愛吾廬文鈔）

朱明社已墟諸王無死所天獨憐監國金門留淨土此地王所經亦王所游處回首國步移疇為天下主可憐舊王孫零落淚如雨諸臣伸大義競起勤王旅鄭彩舟師迎願無忘在莒天命不可回一木難支柱當時寓公尊沈海遺蜚語幸存埋骨地手蹟萬目覩歷世三百年樵蘇猶禁取吁嗟魯王賢遺際獨艱鉅死骨望燐燐生氣尚虎虎英靈終不沒邦人仰神武春露與秋霜麥飯薦之俎至今鼓崗山展墓首為俯

鷺江雜詠

小蘭亭修禊（亭在鼓浪嶼菽莊別業癸酉三月三日主人集吟侶修禊於此各賦一詩）

主人萬里遊禊事隨沈寂菽莊小蘭亭十稔祇兩歷（甲子觴詠後唯戊辰庚午兩度修禊於此）今年韻事仍良辰殊足惜少長偕之來主賓團一席往事試回頭駒光如過隙我從甲子歲恒為山水役覩光海之南覽勝江之北既從蘭亭歸又在蘭亭側鷺江與山陰兩地皆陳跡癸丑與癸酉視今亦猶昔羽觴隨波來盛會肯拋擲

虎溪修禊（丙子三月十三日蓀浦集虞鼓詩友澍邨幼垣健菴紹庭昌庭亦籛紹丞軍弋幼山伯行秀人繡伊宜侯幼璇警予雲聲竹園與予凡十九人作展上巳

蘇子喜春遊虎溪風景美招邀十九人裁詩展上巳此會集羣賢過江來名士祓禊事重修山陰可有此列坐而飛觴何必臨曲水引領望前溪溪水清瀰瀰一祓妖邪祛南澗災以鮮典午世幾遷千支猶可紀千五百餘春由丙而溯癸（晉永和癸丑至民國第一丙子歷千五百八十四年）俛仰大千中今昔一例視昔我遊蘭亭浮觴尋舊址蔌莊禊重三六度附驥尾（歲甲子三次戊辰庚午癸酉各一次均紀以詩）高會晉人風風流今有幾傷哉七尺軀丁茲萬方否興懷事偶同擊楫心未死緬想永和年清談則吾豈

水操臺（在鼓浪嶼日光巖上爲鄭氏閱水操之所今廢爲黃氏別業）

我家乃在鷺江隈閒愁淘盡海潮來一朝扁舟過鼓浪來訪鄭王水操臺石上摩娑深刻字只有遺址留題記前朝鐵戟已沈沙漁樵閒話當年事憶王十五飊於庠仗劍入閩謁唐王身佩招討將軍印志在殲胡定四方鶉首賜秦天帝醉起視河山皆破碎蓊然胡騎摧榕城母死於兵走無地王氣銷沈龍種亡中原失鹿爭倉皇父兮欲降不可阻持裾泣諫兒心苦大義由來不顧親收拾殘卒遁金門招兵製械禦外侮閩南屬邑王領土遙奉正朔向粵中軍壘移屯鼓浪嶼至今江草與江花還認我王之故家羊山一蹶雖不振東取鯤瀛亦足誇天意亡明那堪說碎艦沈江天柱折

可憐勝國之孤臣百戰山河落日昏區區金廈兩島耳公然力抗天下軍於今強族亦破滅九原可慰王義烈獨惜鼓浪好洞天東西列強復分裂側身東望舊臺澎廿年不見漢旗旌風景不殊山河異過江名士悲填膺我獨狂歌來弔古呵壁問天天無語草雞一去幾滄桑祇有青山長作主依然江月照龍頭茫茫江水還東流延平陳跡雖已矣磨厓姓氏至今留

玉屛山 在虎溪公園癸酉重九日偕子懌登臨賦寄紹丞

未了登高債西風逐客來四山山色暝一顧一徘徊
落帽人皆散行行與子偕何須凌絕頂小住此為佳
草萊荒徑闢高會復重開兩度題餻客何曾笑語陪 去歲九日余在甬上登獨秀山

南普陀阿蘭若處晤弘一上人 甲戌觀音大士成道日作

難得佛生日來參人上人慧根皈地藏合掌禮天親无慍心能一微言世共珍雲遊定何許欲別又逡巡

南普陀 在五老山下爲鄭延平王故壘之一庚午閏夏與周癸叔繆子才雷振扶陳定謨陳省吾呂肖謨曾詞源陳晴圃謝儀因諸子蘇警予謝雲聲虞德元蔡文暉曾金章王美璋唐崇熏諸同學暨實甫仲弟遊此

聯翩來訪鄭王宮一代孤臣血戰中消盡霸圖歸佛界靈旗黯淡弔雄風

太平巖（舊爲鄭延平王讀書處 巖前有石如開口笑鐫石笑二字）

不因石笑隨開口　爲愛巖幽可賦詩　大耳草雞人去也　振襟危坐想英姿

振襟危坐想英姿　一卷陰符手自披　今日書生昧戎事　墜驢大笑待何時

仙井（在醉仙岩下有竅深二尺挹而復滿味甘可釀里人池浴德甃爲井）

甃井鄰鄰署醴泉　曾聞釀酒醉羣仙　仙人醉罷歸天界（岩寺名天界）　俯視人間玉虎牽

馬鞍山（在石泉爲鄭延平王故壘之一癸亥九月五日登此）

西風吹上馬鞍山　山勢奔騰未許攀　如此江山無霸氣　可憐氣盡太清孱

玉屏（在城東舊玉屏書院魁星閣前疊石晶瑩宛如屏障以其在玉屏山麓故名歲丙午院改爲廈門官立中學予承乏講席凡五載易稱十三中學同事皆散去丁卯又更爲初級中學今爲省立廈門中學暇日登臨風景不殊而人物都非矣）

晶瑩玉笥似雲屏　細認泥痕卅載經　今日登臨無限感　山陽一笛不堪聽

榕林別墅（按廈志載榕林在鳳凰山爲清初黃日紀所築因山麓多古榕蔡文恭新題曰榕林有鏡塘洗心堂石詩屏釣鼇亭小南溟半笠亭三台石百人石躡雲徑漏翠亭披襟臺摩青閣漱玉峯榕根洞亦靈阿賦閒亭芃島諸勝墅中詩刻自蔡文恭新至周觀察凱四十有二人癸亥八月歸基督教改建青年會鏟山毀石以建洋樓無復曩時面目矣）

騷壇絕響古榕林　白雪無聞唱福音　何必山邱才隕涕　韓陵石化廣陵琴

寶山巖登高 同遊者蓀浦健庵昌庭諸君暨予仁弟女樹蘭時庚午展重陽日也

絃誦聲中令節逾許遲十日插茱萸者番莫怯題糕膽依舊劉郎一字無 節令改用國曆九日為課程所阻遂罷登高亦無詩

重斟菊酒又餐英瀹茗山泉析宿酲六百年來龍寂寞 宋亡至是凡六百七十三年 聖泉遺跡尚泠泠 巖有聖泉相傳宋幼主嘗掬飲之見廈志

登高能賦仗羣才難得佳辰又一回未合寶山空手返壓裝詩句錦囊堆

商飈拂鬢漸成絲人媿黃花瘦不支嬌女同遊憐太稚可能一誦易安詞

眉壽堂聽琴二首 癸酉上巳小蘭亭修禊畢陪社侶聽琴於此和菽莊主人兼簡周君子秀

士女聯翩萃一堂安絃操縵古琴張師襄鈎柱曾傳授未廁紅閨弟子行 座中有黃吳二女士為周君弟子亦挾琴叩弦各成一弄

此亦先生移我情不須海上刺船迎蘭亭禊事饒餘興添个泠泠絃外聲

虎溪踏青四首 癸酉三月紹丞集廈鼓吟侶踏青玉屏山與會題名者凡三十二

春光旖旎草芊眠島上番風三月天為愛玉屏山色好紆回磴道上巖巔

鑿空開山廓舊規多君臭腐化神奇一丘一壑關經濟片石留鐫即景詩

山上蘼蕪綠正齊，芒鞵踏去夕陽低。勝遊難得羣賢集，序齒追隨姓氏題。

登高能賦大夫才，拄腹撐腸總費裁。祗恐山僧嗤疥壁，如何衛象又重來。

覺性院在禾山方湖一名後院爲吾廈風景之一所謂覺性傳鐘者也丙子四月二十五日與玉屏校友展周師墓迂道至院留影題詩

卄年勞燕各分馳，佛地何緣聚履綦。百八鐘聲塵夢醒，恍如絃誦玉屏時。

雁塔鄉訪林奇石解元祠按廈志載塔頭廈華族其邨傍水而居世多科第所傳林解元奇石事尤奇隆慶庚午秋試以事治裝赴時已八月朔愁情怏悒夜二更獨步空階忽見海上雙燈耿耿自遠際浮來疑爲漁火趨就之聞船中相語曰今宵風殊利抵三山港直須半帆耳心狂喜高呼曰我應舉秀才能利濟耶曰能亟援上令閉目臥頃刻揚帆但聞風水搏擊聲黎明下椗舉目一望則已泊南臺橋矣登岸迴視忽失船所在心知有異是秋竟發解島中今猶豔稱之

烏衣厦門舊稱烏衣國勝蹟此神奇，策馬來遊落照移。虎岫山名靈尖當甲第，魁巒山名缺處見荒祠。

半帆風色搏鵬路，一夕雷聲躍鯉時。指點仙槎何處是，邨人傳語至今疑。

洪濟山登高戊辰九日菽莊主人少君剛義崇智昆玉柬邀社侶作登高會登茲山者僅沈琛笙蔡澍邨余雨農蘇蓁浦龔伯搏龔昌庭施健庵馬亦籛賀仙舫葉少峯柯伯行江晴庵諸君暨予十三人讀主人瑞士來詩次韻寄懷

騎雲絕頂瞰滄溟，又把茱萸繫臂馨。晚節相期籬下菊，舊交遙望海西星。題糕膽大逾賓客，鬬韻詩成擘巨靈。漫說異鄉多樂土瑞士山水明媚有世界樂土之稱，風光應尚憶梅亭亭爲菽莊名勝之一辛酉

重九日予赴菽莊三九會拈題賦梅亭二首

醉仙巖登高 己巳重九日與選閑蓀浦健庵遜臣昌庭少椿諸君登醉仙巖憩天界寺時予方自海寧觀潮歸也

才見西陵萬頃濤鷺門返櫂又登高尊傾萸酒仙同醉廈志載巖石若醉人偃臥鬢插黄花客自豪塊壘能澆即天界江山無恙莫牢騷最難重九兼雙十盛會他年未易叨明年有廢陰曆議

南普陀題壁 次太虛上人韻

擎天柱折孤臣死演武場開古佛廬結社因緣依五老涅槃聲價邁三都縱教劫火成灰燼旋見禪宮入畫圖偶與參寥一酬唱此身宛在夢中蘇

遊留雲洞登觀日臺 洞在洪濟山絕頂有觀日臺爲廈門八景之一所謂洪霽浮日者也癸酉七月與畫家孫裴谷及照寰少波登臨賦詩即送裴谷還韓江

驅車覽勝許追陪絕頂登臨曙色開僧爲留雲封古洞客緣觀日上高臺儘多林木分秋色如此江山助賦才蘸筆題詩生別感補圖還待畫師來

中秋夜虎溪翫月 虎溪夜月爲廈門八景之一相傳月初升時光射稜層洞洞舊有井浮光耀金突見異采近闢爲公園開山鑿空頓改舊觀其最高處有天橋及風風雨雨二亭

虎溪勝景月初升況值中秋分外明一自草萊闢行徑却教士女出傾城香飄桂樹氷輪動曲譜霓裳玉笛横獨自風風亭上坐高歌水調不勝情

白鶴嶺 按廈志載常有鶴棲其上故名或曰地形似鶴相傳明堪輿家周德興城廈門施長垣斷其頸置華表斷其尾鶴遂不靈近周醒南闢新區頻加斧鑿所謂鶴形者已不類矣下有白鶴巖尚在唯明人野雲度嶺疑歸鶴澗水流霞想落花一聯久已失去丙子冬十一月同少淵沲默秀人子懌繡伊宜侯遊此成二截句

勝蹟銷沈五百秋，羊公不舞鶴生愁。纔聞華表魂來語，支體摧殘怨二周。

徘徊巖際話前遊，鶴去巖空景尚幽。惆悵琳宮多惡札，野雲佳句付江流。

馬氏園林賞菊　園在霞陽之東，爲馬君亦籛別業，藝菊之盛甲於閩南。丁巳十月偕幼垣、復初、屏山、蘊山、乃沃諸君戾止

報道霞陽菊盛開，聯翩裙屐渡江來。好風似與寒香約，佳友長為韻事媒。座上探驪誰得句，籬東擘蟹共傳杯。明年倘續茱萸會，再向名園醉一回。

香港愉園　有序

園在香江跑馬地，山水明媚，中陳設各種恩物、動植物、影戲、中西菜式、詩畫、清唱以娛客，洵消閒勝景也。丁巳六月偕仲弟實甫遊此

我生願選天下勝，底事蟄身守柴門。幽齋晝永寂無俚，偕弟出遊香江之愉園。僦居雖有十里隔，電車迅捷踰高軒。市外撲塵三斗熱，園中把盞衆賓喧。紅男綠女踵相接，奇花異石癖所存。金谷平泉不足道，選勝有此敢憚煩。我生局促苦塵鞅，到此無異駒解轅。鸚哥和百舌，引頸向我言。大蟲與斑豹，俛首似含寃。幽囚入獄生氣盡，蠢物受制悲聲吞。獸不能扶蹯，鳥不能脫樊。爪牙羽翼成玩具，諒哉人為萬物尊。相將偶泛湖中棹，紅葉斜陽畫本繙。琉璃世界燈光佛，澈宵電火明朝暾。手談或設局，掬戰或飛樽。下箸爭誇易牙味，浣襟不數杭州痕。池魚靜入化，園草靈蟠根。清唱何激

越遥指綠陰屯絲竹中年多感慨琵琶幽怨不堪論色即是空空是色鞦韆傀儡華燈魂鰥生眼福固不薄恨不飛身上崑崙低頭視下界齷齪蝨處褌吁嗟乎天下巨觀不知幾遊踪何日遍乾坤

菲島雜詠

題家謙善先生銅像 有序

先生名最字謙善别署樂峰吾廈禾山仙岳人前清進士廈門官立中學副董子顯先生之尊甫門人德聰德坤之令祖也少商於岷輕財尚義有魯連之風三十年間創學校建醫院置義塚舉凡有益於吾僑者靡不力任鉅艱時菲隸於班政府以先生賢擢任甲必丹清廷亦飾以崇銜表其勞績公元一八九八年菲併於美長公子子顯先生膺首任領事襲父職以清光緒辛丑七月二十一日卒於岷步年五十有八旅菲華僑念其功德之不可沒也乃於清宣統庚戌四月為先生鑄象於崇仁醫院昭示來者予丙午歲肄業中學時即耳先生之名而欽其行甲子夏為勵志校募建校舍至菲覩其遺象肅然起敬謹賦長句以旌善人

小子久耳先生名今日纔覩先生像先生遺愛方子產更把餘力惠遐壤少精計學菲島遊盛時虛憶鄭和舟陶朱富有雖足羨魯連義聞焰千秋慨然舍富而取義民我同胞物同類急人之急憂人憂三十年間志不墜閩人進取志最豪十洲踪跡快遊翺逸居無教禽獸近生養死恤古訓昭首散黃金築黌宇從此華僑識華字華僑識字千萬人國性保存先生畀（班政府時代華僑方篳路藍縷絕無教育先生任甲必丹首創僑校）先生橫覽苦人多不養不卹我心怮義莊義塚給孤園一朝並舉形忘勞（華僑善舉公所崇仁醫院仙山義塚均由先生倡辦）國力不競外人廷寄人籬下禽投網先生片言為平反救盡千人萬人枉（先生爲甲必丹時對於華案多所平反）生教養卹全者難獨以隻身任其艱誰其生之誰嗣之一慟遺愛淚汎瀾報德已無瀨水金紀功又乏南山竹銅像巍峩表岷江雲天義俠共尸祝先生冠冕尚前朝（象作清朝章服）玉貌慈祥姓氏標中外遊人嘖嘖羨非關榮譽關民胞我昔玉屛（中學係就玉屛書院改建）識郎君耳聞卓行心傾折十年鷺校擁皐比又忝文孫來立雪紀羣兩世交誼隆愧無寸業光吾宗為築泮宮海外來瞻仰英姿拜下風吁嗟塵世紛熱客朝朝愁苦對黃白孰肯布惠浹蠻陬散盡萬金無吝色豈知天道巧安排後起濟濟皆英才立德慶彰萬物上紛紛豪貴委塵埃椰風蕉雨榮枯換萬人遥指崇仁院府君生爾爾當思抽毫我續游俠傳

題黎薩銅像 有序

黎氏菲產為菲島革命中之首領者西班牙之治菲也政治苛虐以天主教為教育學生晨夕須向牧師行吻手禮牧師又恆以改罪漁色菲女黎氏憤然曰人格不可不爭乃奔走呼號鼓吹革命公元一八九八年之香江與美人謀逐班人返菲事洩卒被戮於崙禮沓雖齎志歿地菲併於美然已恢復平等幸福矣菲人感其豐功就其歿處築臺鑄像崇之甲子夏予攷察教育至岷撫其遺像紀之以詩

志士毋求生仁人不惜死苟為民造福粉身靡有悔偉哉黎薩氏銅像何巍峩食報由功德功德感人多菲人治於班屈伏四百載（菲島一五七一年屬西班牙）苛政猛於虎牧師毒似虺改罪誘婦女吻手辱丁男不許一丁識只令一經參（班牧師强迫菲人讀經典不許識其他文字）黎氏扼腕哭人格今何在奪我自由神嚇我夜叉鬼圓顱而方趾形體萬眾同勞逸與苦樂感覺萬眾通寃哉千萬民慘慘無天日螳臂能當車奴顏羞婢膝不見華盛頓拒英而獨立西方乞美雨洗我革命旗一呼全島應羣聚而殲之萬姓脫幽囚英雄竟齎志橫刀仰天笑肝膽留天地抉我頭顱血濺彼自由花拔我菲人幟樹彼班人家可憐班人

逐卒召美人併一例寄籬下民權幸平等島民感豐功鑄像表孤忠忠心如鐵石中外共尊崇我來撫遺像英姿何颯爽省識兒時容一一動瞻仰（銅像左右鑄兒時像四）死既留其名澤又在羣生所嗟國未立餘恨猶未平

麥哲倫墓

麥氏為葡萄牙之航海家得西班牙王之助率艦隊五艘抵巴西循南美洲之東岸而南一船觸礁僅免溺死進得一海峽歷程二十日名之曰麥哲倫海峽一船又辭去麥氏鼓勇前進出大洋渺茫無際自東南而西北三月餘方通過天氣清淑風恬波靜號曰太平洋遂得菲力賓羣島時西元一五二一年也會乏食舟泊宿霧土人率衆來攻卒被殺（同年四月二十七日）又沈燬兩船餘一船名維多利亞自好望角遁歸是為環行地球之始麥氏墓在宿霧雨滂島之馬壇MACTAN（一八六六年西班牙總督建後經美人修葺頗可觀）高約三丈上作塔形外環鐵欄傍護椰樹甲子七月二十四日予為募建勵志校舍至務偕蔡子欽葉根基吳心存李德楮蘇香村紆道訪之為撮一影并媵長句

昔讀西史耳君名今來斐島展君墓椰風蕉雨灑然來（是日微有風雨）碧血英魂杳何處人道君才更橫死我獨謂君死非死羣生入世等浮漚中外幾人留姓氏貴胄頓成航海家（麥氏葡之貴公子）欲窮環球三萬里挾策王前屢曳裾葡王怒斥班王喜當其乘風破浪時直以扁舟吞天池五船同抵巴西境（南美洲國名時屬葡領土）陸地當前航路歧一船觸礁氣不慴居然發見大海峽一船辭去帆更颺居然前進太平洋西復東兮道如砥浩渺何從辨厓涘驀然探得菲力賓舟泊息布（宿務轉音）呼庚癸土人率衆忽來攻孤軍酣戰重圍裹衆寡不敵君竟亡裨瀛大通從此始死裏逃生十八人一船維多利亞耳空前偉績表班王用志不朽歸舟藏隨行加那西巴斯（人名）賞以顯爵錫以章（班王賜加氏印面鏤地球四周鐫字曰爾始環我）古代歐人闢境域亞洲西偏非洲北葡人首闢喜望峯（即好望角西元一四八六年葡人地亞士發見）非洲西南踵接跡科侖布與克雷飛更把東西印度覓雷賽河開蘇維士歐亞交通捷倍蓰美人峽闢巴拿馬東西兩洋等尺咫若論壯志歷環球還讓麥君屈一指足所未至氣已吞心之所欲境亦拓東亞西南航路通宛似渾沌七竅鑿使其冒險性不堅迴航偉績等雲烟使其挫折怯不前草木同朽名安傳英名赫赫四百載死而不死然不然酹酒弔君君豈省景仰唯留墓前影披圖壯志為飛騰愧騎欵段守鄉井

宿霧中華校舍樓高望遠連宵秋月皎兮麗天令人不羨揚州二分月矣

清光海嶠淨無雲不羨揚州月二分自向高樓看秋色忽驚秋思落高雯

將之菲力賓留別厦中詩社諸友

十年蠖屈擁皐比蹤跡翻從域外馳借鑑忽投東印島醵金待築泮宮基（此行爲考察教育兼募勵志學校建築金）風塵拭目宜何處湖海生才合有時指點征帆別吟侶壓裝尚欠一囊詩

將之怡江留別宿霧諸友

驪歌唱罷又句留酒盡燈殘話未休（予擬前輪赴怡諸友句留至第二期輪尙依依不舍臨別前一夜碧漣碧峯相與話到宵深燈殘燭繼）人似秋鴻泥暫印（在霧考察教育餘閒多遊覽風景得蔡子欽爲撮影）字同春蚓紙頻投（別時諸友出紙索書）故人分手情千里異地相思夢十州無那天涯看蒼莽依然着我一孤舟

將返岷江留別怡朗詩社諸友

非關鵬翮奮天池為普菁莪域外馳兩月行期三作別四千里路幾題詩（由厦而岷而霧而怡水程歷四千一百里到處多紀以詩）蠻花犵鳥收吟管鴻爪泥痕認影兒（遊覽風景均撮影片）幾度驪歌賦歸去白駒維縶又遲遲

伐木嚶鳴求友生無端百戰到詩城（與詩社諸友倡和十日得詩一百十四首）驚心烽火連吳越（江浙戰雲日惡）聚首天涯

有弟兄（叔弟雪蕉來岷）荒徑黄花秋未老離亭風笛客長征馬羅山色怡江水一往深情送我行

回國留別岷江諸友二首

脚根兩月此勾留更向炎荒汗漫遊不道重陽為異客回思七夕在孤舟故人聚散如蓬梗觸處風光付唱酬無那子規催去也一聲羌笛海天秋

放舟直指鷺江湄唱罷河梁感路歧高築泮宮期此日重尋泥爪待何時別腸轆轆車輪轉煙水茫茫海國思且把歸裝誇陸賈一囊金賸一囊詩

寓岷匝月適作西南天氣日日困風雨中賦詩排悶

沈李浮瓜當盛夏淒風苦雨似殘秋錯疑天向炎洲漏翻訝身經澤國遊愁緒困人如中酒峭寒侵夢欲添裘三時倘為田家潤裹足征途敢怨尤

重九日黄士琰招飲岷江大同俱樂部部高六層眺望及遠醉罷賦詩謝主人兼簡藍季獻家文典并示雪蕉弟時弟有丹轆之行

相逢佳節在歧途舊雨聯翩倒玉壺也算登高同作會不愁敗興到催租茱萸未插身為客鴻雁分飛影又孤忽望齊州煙九點絳囊還得避災無

菲島竹枝詞有序

甲子六月予遊菲律濱自夏徂冬舟車所至近一萬里曾作紀遊詩若干首更就彼都風俗見聞所及綴竹枝詞十六章且為之註匪敢謂季札之觀風聊以紀炎洲之殊俗爾

無遮大會碧波中滌暑何妨現色躬恰似鴛鴦同一浴雌風更比大王雄菲地炎熱人多赴池中海中浴身男女無猜

沿街呼喚為求售鼇戴三山掉臂遊生計累儂同蝜蝂頭銜兩字署銅頭菲女販賣物品均小筐盛戴頭上行不墜人綽號曰銅頭

籠紗輕罩絳衣單六幅湘裙鏡裏看玉臂一雙腰一搦玲瓏端不怕春寒菲女妝束上覆籠紗下曳長裙籠紗玲瓏胸臂可覩

指點康衢路幾叉馬龍車水競繁華美人畢竟尊人道未許安排人力車菲島汽車電車馬車自由車均備唯不許設人力車

環聽雲璈姊妹花碧猺遙指使君車未除買賣婚姻式一個新娘抵一豝碧猺山伊老哥土番男欲求婚請於酋酋擊鑼會男女於山頭意合者男家以一豕當聘錢而迎新婦焉

垂肩散髮費疑猜，入月紅潮久未來。生怕阿絲鸞作祟，故教厭勝護珠胎。（非婦孕者多散髮，謂可嚇阿絲鸞。阿絲鸞，菲語食胎之祟。）

前身合是老猢猻，謫向人間尾尚存。為語傍人休認錯，碧猺山裏老哥番。（伊老哥未進化土番，嚳部生一短尾。）

儂歡兩兩手相携，擇耦雙毫索價低。耳鬓廝摩渾不禁，儼然一對小夫妻。（非島各埠設跳舞場，菲女環列，任人購票選跳，每票洋二角，五分鐘爲度。）

摩拳擦掌各爭先，一覘雌雄價五千。怪底健兒身手好，偏將性命殉金錢。（岷步勇士角力，以金錢爲賭，往觀者人納券貲五金。）

千行銀燭萬家燈，綠女紅男祝佛生。生佛一年三百六，乞將香水錫嘉名。（天主教以三百六十佛分配一年，每日均有佛生日，宿霧教徒禮佛尤盛。菲人結婚生子，例由班牧師唸水，即以是日生佛之名名之。）

萬點燈光映墓門，八噚松柏哭遊魂。秋深記取亡人節，好比清明奠一尊。（八噚，菲語猶言仙塚也。菲島華僑仙塚例於每年舊曆九月某日祭掃，親族均於是夜安設電火守墓，如中土清明掃墓然，謂之亡人節。）

悲歌薤露徹天堂，松柏蕭蕭向夕陽。白馬素車來戚友，北邙會葬小兒殤。（非俗殤子出殯，甚爲熱鬧，謂小兒無罪，可升天堂。）

距帶金刀爪作鈎短兵相接鬭羊溝劇憐翠羽朱冠者竟爲金錢一死休菲島鬭鷄之風甚盛曠野中編竹爲圈嗾雞以鬥雞距繫刀注至千金者人無貴賤爭趨之

誰家兒女嚲香肩筒竹橫挑汲野泉不惜儂肩惜儂手纖纖留待引鍼穿菲女恒用大竹筒盛地河水肩而歸

竹籬茅舍傍山居男女耕耘樂有餘我比炎洲田父拙未能合耦一攜鋤菲島農人結茅傍山而居耕田種樹饒有田家風味

茹葷錯怪習成風肉賤蔬昂價不同誰道安貧菜根好菜根咬得富家翁菲島蔬菜昂貴有價倍魚肉者

鴻爪集跋

丹初肆力為詩以余所見多清穩可誦者尚謙讓未以行世獨其中鴻爪一集紀外國逸事較夥余促丹初先編而印之固可與黃公度康更生二君集中諸作同為詩史之支流也辛未暮秋七十七叟衍跋

後序

昔人以讀好書友好人看好山水為平生三大願余志焉久矣困頓青氈日無暇晷歷有年所始獲一遊遊必有詩北而首都南而菲島終朝采綠不盈一匊眇乎小矣存胡為者顧念山川勝概夢寐纏縈踏雪之鴻爪痕歷歷搜索吟篋凡如干首都為一編命曰鴻爪儻得於多讀多友之暇進而多看好山水當有賡續之刋此特其嚆矢耳若例諸龍門之游藉山水以為文章之助則吾豈敢中華民國二十年雙十節日丹初陳桂琛識於上海泉漳中學

北谿集

陳丹初先生遺稿

北谿集

厦門陳桂琛丹初

乙卯二十七初度自述 三十韻

環瀛繩六洲茫茫知胡底地球繞太陽碌碌不自止人生廿七年奈何一彈指昔夢登崑崙又越滄海涘秋蟀復春鵰駒光疾若駛懥予髫齔時本是癡頑子仄聞長者言此子質頗美天道不可知六齡遽失恃於時五內崩茹痛王修擬仰承大人憐父也而母矣是歲始讀書牙牙學啓齒自忖生蓬門所業惟在此丙午年十八不學引為耻新法興學堂鷺嶼時繼起淑立中學校主者二周氏（梅史墨史二先生）四稔春風中發軔從茲始身雖踐初桄志不在青紫庚戌入閩城邃研數學理未下董生帷翻同博士技扁舟歸鷺門供職中學裏鄉味飽鱸蓴差勝長安米親年垂六十承歡聊菽水弱弟衹三人安得姜肱被黔婁亦有婦蘭夢情難已不與流俗爭優游吾故里但有酒盈尊倏然忘譽毀遯跡異巢由閒吟學杜李男兒負奇氣安能囿卑邇矧值發憤年賢哲或可企努力愛春華德業庶有豸

表哀詩八首 有序

小子德涼少遭不造年方懷橘　慈母見背弟才三歲尚在襁褓擗踊靡追攀號莫愬失恃之苦五内分崩憶家運之中衰循陔致恧維昊天之大德陟屺興嗟考叔有母舍君羹以奉嘗毛義為親捧府檄而色霽或則孝思不匱或則情事已伸嗟予小子天地罪人痛音容之永隔無涕可揮悲菽水之莫將此身難贖涕泗陳詞匪謂三春之報流傳家乘聊表寸草之衷讀孫綽表哀詩竊附斯義以志痛云

卅年積善未辭貧梁孟蜚聲動四鄰（家大人性耽宣講鳩貲創社四處勸導迄茲三十年所未嘗以貧困少餒厥志）戳髮昔曾留雅客望雲今已隔慈親家傳壼範依稀在圖想儀容涕淚頻縱使抽毫能述德板輿歲月愧安仁

聞道來歸播淑聲七年勞瘁遽捐生齒餘巾幗猶芬郁氣凛冰霜自潔貞藜藿荒涼勞採食齏鹽澹泊苦支撐從今泣血終天恨家祭空悲顧復情

兒箱檢點淚痕潛手線縫來縷縷艱猶記從頭投杼訓已無繞膝舞衣斑零花宿雨愁無限寸草春暉恨未删剩有邢譚情話在（先妣女弟適溪頭社時切孔懷予每往省輒陳曩時情事涕泣弗置）九原知否慰慈

顔

普陀山上墓門深一望松楸淚滿襟落葉蕭蕭遺碣冷寒螿唧唧夜臺陰啼鵑魂斷
空餘血唳鶴聲悲欲墜心午夜挑鐙還強坐漫天風雨寫哀吟
一生孺慕愧王修回首萱堂涕泗流如夢韶華悲往日靡依身世付浮漚淒淒風木
千年痛忽忽滄桑幾度秋我有劬勞恩未報天荒地老願難酬
燠寒曾記母劬勤憐愛嬌兒到十分烏哺傷心同逝水駒光瞥眼又斜曛未能和嶠
長持服安得王裒老守墳自分此生甘廢讀蓼莪一什不堪聞
慈幃恍忽憶生前月落烏啼獨自憐天上佩環空想像人間襁褓更纏綿縱無蘆絮
傷今日曾為羹湯感昔年更有一番腸斷處廿年負笈博青氈
憑將淚墨說親恩俯仰難容恍戴盆家乘遲修慚大雅兒衫怕澣護殘痕荆枝並秀
懷差慰蘭夢何因遇太屯猶幸鯉庭嚴訓在敢疎定省曠晨昏

擬顔延年五君詠五首

阮步兵

嗣宗青白眼閱盡天下士色不形喜怒口不談臧否王侯蝨處褌禮法風過耳人生

雖行樂途窮慟何已

嵇中散

叔夜龍鳳姿與世實傲岸長生慕千年畢命憤一旦遺文高士傳絶調廣陵散出則竹林遊處則柳下鍛

劉參軍

伯倫古達士陶兀超見聞大人頌酒德二豪安足云荷插死便埋六合空浮雲螟蛉與蜾蠃餘子徒紛紛

阮始平

仲容擅清才犢鼻自標格寄託入四弦放浪浮大白一麾不得意了此青雲客當年知者誰醉心獨郭奕

向常侍

子期論養生遠識而清悟章句鄙小儒文字託眞趣讀書老莊耽定交嵇呂慕聞笛過山陽惆悵舊遊處

日本刀歌

日本刀日本刀汝器未必利汝價乃自高三尺之身一寸口謬以脱光為汝友鋒不能穿山嶽利不能斷金玉威不能靖蛟鼉形不能具龜犢胡為乎眈眈而視勃勃欲試豈其旭日在東瀛扶桑萬丈令人驚不然大牙相錯成比鄰輔車彼此宜相親汝胡朝刮脣齒相依之土宇暮戕種類相似之人民君不見中東一戰爭割我錦繡之臺彭日俄一戰役攘我藩屬之韓國廿紀風潮正劇烈環球戰雲相連結門羅主義已不存鐵血主義人稱説須知凶器天所殃制敵豈在多殺傷不然四千餘年古國古四百兆民黄種主豈無孟勞與吴鉤可息内訌禦外侮寄語海隅東鯷人莫恃凶鋒輕黷武

海天吟社消寒第一集偕許跛公聯句

一夕朔風起（丹父）硯池水欲氷圍爐消永夜（跛公）翦燭度寒更遣興催詩鉢（丹父）澆愁倒酒觥論人觀古昔（跛公）言志寫生平肯為浮名累（丹父）偏教濁世醒河山今破碎（跛公）蠻觸此紛爭客座新亭淚（丹父）神州故國情請纓空素抱（跛公）擊楫愧丹誠共勵聞雞舞（丹父）相思旅雁征鏡中憐顧影（跛公）紙上恥談兵舉目無胡虜（丹父）同心有弟兄何時狼彗掃（跛公）重話一燈青（丹父）

敬和周墨史夫子詠石 三首

天將石骨幻奇葩，不染淤泥世所誇。憶自濂溪沾雨化，心香一瓣為蓮花。芙蓉石

袍笏登場興便闌，轉帆官海慶安瀾。是誰領取遼東帽，歸隱青山石掛冠。紗帽石

曉不能鳴信不才，螢光還為讀書來。年年雌伏知安用，為爾名心十載灰。雞母石亦名通天蠟燭

附原作 有序

予以舊居湫隘，就舍旁隙地構一樓，環樓多山，山多戴石，石多有名，因其名各紀以絕句，就正於詩社諸友，並索和章

愛蓮家世敢忘之，庭小難容更鑿池。石作芙蓉生木末，遠觀長愛半開時。芙蓉石

紗帽當年博一官，誰知毀冕警高寒。歸來仍傍青山隱，山石依稀似掛冠。紗帽石

三更燈火五更雞，有石多年伴照藜。今日翻成雌伏勢，滿山風雨正淒淒。雞母石亦名通天蠟燭

題伯行先生柯亭竹圖

萬里歸來霜滿林，交加曳玉弄清音。披圖恍聽柯亭笛，更譜南飛一曲琴。時余歸自菲律濱

讀史公游俠傳 戊午

有言必信行必果，急人之急憂人憂。即此豈是尋常人，肝胆已足傳千秋。偉哉朱家

與劇孟生平任俠根天性布衣之權動公卿窮窘之士得委命人生困阨會有時季布髡鉗事可悲侯門浪說存仁義一朝倉卒誰援之孟與朱家行大類條侯得之為心醉公然身歿無餘財笑彼細人但殉利我讀史公列傳中甘心低首游俠風郭解一傳更馳譽此外卑卑不足數吁嗟乎世人結交須黃金黃金不多交不深博徒以利相徵逐一擲十萬方快心侯門大酒與肥肉粉白黛綠列華屋哀絲竹須臾間零落山邱聞鬼哭紛紛當世稱賢豪緩急終難拔一毛史公秉筆寫幽憤再拜義俠雲天高九原俠士不可作從此世情日輕薄風塵何處覓屠沽我欲因之寄然諾

讀東漢逸民傳

吾讀東漢逸民傳一十八子胥所宗曲全直遂各異趣不事王侯將無同伯鸞狷介而宏博逸民傳中最高卓出關慷慨五噫歌賃廡閒身寄邱壑嘉耦何修來孟光齊眉舉案終允臧平生不慕勢家女偕隱願為裘褐伍周黨嚴光類夷齊傲骨森森首肯低著書老死黽池穴垂釣偃蹇桐廬溪大夫安能為人役子慶斯語良不忒客游遼海歸勞山所居人皆化其德不仕新莽稱知機韜精潛藏未全非太守不屈吏敢捕窮能兼善人皈依叔鸞大豪之苗裔優游江夏以卒歲居喪肉食有毀容禮似不

足情則鍾踈裳布被自家法嫁女無愧隱者風矧有夫耕而妻耘連徵不起之龐公一旦鹿門采藥去安能附鳳與攀龍仲彥夙慕松喬術學為黃老甘遯逸高卿關西之大儒名雖得聞身不出咄哉賣藥韓伯休本欲逃名名竟留歎息已入霸陵山何意徵車不許閒此獨京兆布衣耳名聞婦孺非無端臺佟王霸與高鳳范書列傳相伯仲或辭州辟不肯就或避篡賊不為用或傳漂麥一書生逃仕託巫吏興訟向長所志在五嶽讀易損益能先覺脫屣相期禽慶徒昏嫁已畢萬事足鴻飛冥冥道不孤此身肯作莽大夫世上紛紛名利客對此如何不愧色五經紛綸井大春不願脩刺入侯門五王好客不能致信陽一饌何足珍更有野王之二老即禽西指喻誠好生逢光武尚不臣相將逃名一生了陳留漢陰兩老父史冊班班共千古九原可作古逸民何歎耦耕沮溺侶吾今讀史如見人尚友論世知其眞世無箕潁古風渺人皆為仕非為貧

讀陳涉世家

戍卒叫函谷舉可憐阿房成焦土匹夫偏袒一大呼遂令暴秦失天宇由來壯士舉大名撥亂誅暴為蒼生成敗在天非所計西向逐鹿羣雄爭涉也南畝一農夫孔鮒

居然聖人徒陳王能置老博士用人何幸先諸儒當日諸儒尚憤起民罹湯火可知已揭竿倉卒首犯難涉誅無道非為亂當其稱兵大澤中號令天下一世雄張楚王陳六月耳盡羅豪傑收山東將相王侯皆所置魚腹狐鳴豈兒戲惜哉器小眞易盈一朝破滅無餘地至今血食功可嘉史公特筆存世家雌雄劉項盡後起沈沈夥涉為王誇

吳石卿美人枯骨圖為家斐廬題

是何狡獪弄仙筆美人枯骨合為一色空空色兩忘形誰為妍皮誰癡骨美人如生枯骨死枯骨自枯美人美一在十丈紅塵中一在千年青冢裏兩物既不同類不並時胡為畫之題之不肯已美人枯骨相為因去來環轉無停輪美人未來之枯骨枯骨過去之美人客之來兮天昏攬斯圖兮斷魂春婆回首夢未溫丹青幻作雲煙痕蓬萊三淺佛無語是人是骨皆黃土憐香何來斐廬甫攝取詩心入畫譜畫者公然道子宗題者或是希夷侶噫吁嘻南有威兮西有施忽聞鬼唱秋墳詩無人肯市千金骨紅粉骷髏夢覺時

秋懷詩一首用謝惠連原韻

蓬鬢感潘郎，中年始憂患。嗟予本恨人，聽秋驚歲晏。海嶠月團團，天河星爛爛。唧唧階下蛩，飄飄塞上雁。秋士夢遊仙，盼斷武夷幔。金風動地來，紅友對夜半。一洗榮辱懷，那管乘除算。抱膝向誰吟，科頭何妨慢。不取黑頭公，不慕白衣宦。閒來賓朋喧，靜後圖書翫。生涯託青氈，志趣入素翰。傷哉七尺軀，丁茲萬方亂。白日苦易昏，長夜何時旦。絕無功業成，豈有文章煥。彭殤不可齊，窮達何須歎。持此物外心，作詩寄親串。

辛酉重陽菽莊三九雅集

雲連海嶠氣蒼蒼，濤翻鹿耳聲浪浪。洞天福地開林屋，中有高人號菽莊。菽莊莊成自癸丑，經營幾費神工手。年年觴詠於此間，而今已歷重陽九。盛會剛逢三九辰，持杯對菊壽主人。却嫌落帽登高俗，獨羨分箋得句新。折簡梁園揮健筆，詞客蟬聯八十一（是日與會者八十一人拈題賦詩）。九九人符三九辰，三九堪為三十匹（明日為三十節）。爭誇此會本天成，主人勸客傾巨觥。酒酣漫試題餻字，更呼海客共談瀛（屋名海客談瀛之軒）。樓臺倒影蘸池苑，拈題各抒胸中隱。九秋天地入吟腸，四面雲山供醉眼。供醉眼兮思悠悠，狂歌消盡古今愁。但願年年此地為花壽，不須蒿目滄海悲橫流。

哭施耐公師

吟罷肩吾七字詩，驀傳噩耗水之湄。師於五月廿三晚卒於鼓浪嶼，是早余偶讀師書贈舊作。廣陵散絶誰賡響，豈獨恩私一哭師。

海水羣飛撼七鯤，流離未忍反邛樊。魯陽戈竟難揮日，淒絶當年靖海孫。乙未割臺，師與臺撫唐景崧倡議自主，事敗間關內渡，旅況蕭然，終不願東歸也。

曾遯臣以蠹梁木假山索題爲賦長句

嗟爾棟樑材，輪囷似尺木，始願欲飛騰，顧被大匠斲。寓形幾何時，蠹蝕痕朘剝。主人曾南豐，鑿成山一角。鎮日供案頭，直擬三峯矗。高軒簇琳琅，架滿荆山璞。主人珍藏金石甚富。一拳罋食餘，竟爲衆山嶽。似山強爲山，誰省眞面目。折簡招名流，張爲矢詩鵠。吁嗟乎，爨下焦桐亭上竹，得此居然三鼎足。

輓周師墨史

廿五年前造士場，諸生執梃許升堂。乍看小極些時厄，空盼新秋一味涼。師病中吟有「私心竊盼新秋到，一味涼勝藥十單」句。八百孤寒誰翼煦，謂董恤無告堂事。三千弟子共心喪。獨憐月霽風光夜，想像儀容一瓣香。

何處程門雨雪雰，權持玉尺較同文。師既歿，同文中學校長乏人繼任，由董事部舉五人爲校務委員，琛亦與焉。園栽桃李猶春豔，殿

圯靈光已夕曛歷刼黃楊嗟歲閏師歿於閏夏經年朽木負霜斤門人未敢輕私謚只表生平勒墓墳爲師撰墓表囑警予書石

懷人詩二十五首 有序

予既有私憂又遭拂逆倦飛知還敢云肥遯雖虎頭山下仍擁皐比而龍華道中猶留鴻爪天南地北去日苦多緬維作者能無感乎詩曰曷又懷止又曰懷之好音爰託短章聊申長憶

微言大義宗尼父懷古傷今繼曲園幸為先君訴真宰鞭鸞笞鳳叩天閽餘杭章太炎先生謂君跋先子渡海尋骸圖

史家識見才人筆閩志閩詩仗校讎先子平生風誼重幸叨燕許為銘幽侯官陳石遺先生君爲先子銘墓

海上相逢不棄予兩家往事感乘桴反騷淮記風濤險為寫先人負骨圖新建夏劍丞先生君爲先子續渡海尋骸圖跋中有光緒乙卯先叔筱濤公官台灣兵備道遭溺疾作遂歿於任云

湖海論交二十年章予先德筆如椽延之一誄陶徵士安得于闐片玉鐫衡陽沈琛笙先生君累先子行迹爲之誄

當年紙裓許分爭殘客書名海内傾難得嶧山家法在長留玉筋耀先塋無錫王西神先生謂君纂先子墓蓋

茶陵世冑佳公子，筆陣縱横墨瀋酣。信有平原風格在，瓶齋翰墨匹瓶庵。茶陵譚瓶齋先生

語石何憑作石言，殘碑斷碣手曾捫。一編讀過八千里，絕憶才高魏稼孫。紹興顧鼎梅先生。余由滬返厦，君以所著夢碧簃石言贈別，船中披閱，凡兩日夜而竟。

珍重丹青尺幅收，名高畫苑紹箕裘。米家父子差堪擬，濃澹何妨別壑丘。石門吳待秋先生。君以設色山水爲先子製渡海尋骸圖。

唱酬累牘又連篇，怪底難償一面緣。記取菽莊舊詞客，神交忽忽十三年。奉賢朱遯叟先生。辛酉菽莊主人三九雅集徵詩，忝與君列甲選，是爲神交之始。

畫佛君眞獨擅場，能令廬舍發祥光。江南華藏莊嚴刹，添個拈花古法王。吳興王一亭先生

魯壁偏招秦火來，琳瑯萬卷頓成灰。丁家韻事君能繼，重拓文瀾仗雅才。侯官李拔可先生。君經理商務印書館，一二八之役，閘北總廠竟罹兵刼。

烏山舊雨如雲散，滬瀆浮萍逐水淹。別已廿年才一面，君仍地北我天南。長樂黃藹農先生

探源隸首自成家，名字疇人傳裏誇。慚愧九章同索隱，一屏黑漆作生涯。長樂高夢旦先生。予治數學，僅任敎授而已，視君之煌煌著述者，瞠乎後矣。

經年不見虎頭癡，聞道維摩卧病時。珍重前身金粟影，神光一照萬人窺。內江張善孖先生。君別署虎

擬前訪君大風堂中承詒近景

曾經黃澥上峨嵋，六法君參造化師。多謝黃山貽畫本，卧遊恍似一探奇。內江張大千先生君爲我圖黃山一角

龍華幻夢隨雲渺，妙筆雲龍見赫虩。上下四方競相逐，我非東野子昌黎。句容王師子先生予長滬南

泉漳中學兩年解職時君爲製雲龍圖陳石遺程子大吳待秋張大千諸公爲之跋

解后何殊水上萍，招要爾汝頓忘形。高齋合署青無盡，一度相逢眼便青。海甯呂十千先生君寓滬壘南山里之青無盡齋

春申江上記追攀，敢望扁舟訪戴還。五嶽胸中驚突起，讀君畫稿勝看山。新安汪仲山先生辛未春于海上畫會購得君畫君自跋後有他日過訪之語

別君匆促識君遲，聚散人生那得知。壓我行裝書又畫，披圖墨瀋尚淋漓。無錫秦玉甫先生

知是才人是學人，詞章攷據合通神。桂林山水多奇絕，閒氣偏鍾頳水陳。北流陳柱尊先生

江西詩派力能支，才調翩成絕妙辭。投我木蘭花一闋，渾如紅豆寄相思。九江龍榆生先生

一家文字並蜚聲，藝苑名流足抗衡。聞道婦翁名下士，可知玉潤本冰清。武進謝玉岑先生君冰翁同邑錢名山先生

不因剿說不雷同，文理能教畫理通。况有淵源家學在，傳神阿堵晋人風。（桂林況又韓先生）

客裏談心暮復朝，送予南浦黯魂銷。如何一别無消息，不見音書慰寂寥。（紹興汪軼凡先生）

相逢萍水竟相親，哀我嬛嬛慰唁頻。更作畫圖資惕厲，寢苫人似卧薪人。（山陰馬秉雄先生。予奉諱返廈，值淞滬釁起，悲憤無似，君爲作臥薪嘗膽圖）

卓吾石印

（印傳於清同治間，有人於其故居發土得之，後轉徙歸晋江蘇蓀浦。蓀浦曾題二十八字刊於石上：先生之筆先生舌，先生之文先生血。三百餘年土弗蠹，人可殺兮名不滅）

先生不作腐儒腐，遺此石印亦千古。神物未許久埋塵，易代故居終出土。白文者名朱文甫，花乳方石各寸許。肯容俗手日摩挲，合伴詩人蘇蓀浦。吁嗟乎，先生手澤猶可覩，先生心血賸幾縷。身縱可殺名不磨，石兮點頭石無語。

弢菴先生輓詞

少入詞林老帝師，魯靈光殿孰肩隨。劇憐噩夢歸箕宿，獨唱王風補黍離。白雪門庭容我立，青氈事業負公知。一行墨妙章先德（謂師題先子渡海尋骸圖），珍重今同手澤遺。

李繡伊出示蝦蟇石印索句鐫石

何年癩蝦蟇，化作一拳石。天愛李揆才，拜官到仙掖。揆曰我何須，姑把姓名勒。

題鐵菴印存

筆擬王氷鐵意似古封泥印人了了初不迷篆從閔本仿法是蟠匾遺印人了了恣品題我用我法越恒蹊意之所到筆自隨亂頭麁服固自好淡妝濃抹尤相宜此意印人知未知鐵菴鐵筆追天工超以象外得環中初觀横刀刀鑿石細觀刀化石無跡時出新意窮雕鎪曰秦曰漢供驅策閒來過我話蟲書為摹小印鈐之册我心匪石筆不刀（用句）愛君刀筆妙秋毫壯夫不為戲語耳雕蟲也等解牛技

哭石遺宗丈三十韻

書來甫兼旬胡遽成絶筆我方渡南溟聞耗中心恒恨我識公遲幸公愛我切一十二年來文字承啓發贈我詩文詞纍纍成卷帙憶昔公避兵鷺門遇從密先人負骨記摛翰為之跋講學向春申我先長者出我行荷公詩公至處我室客中聆麈談相聚二十日公旋吳下去我亦滬南歇戰神忽來臨淞滬新喋血故園風木吹又痛靈椿折大筆仗銘幽尺書閔衙恤兩度過吳門訪公申契濶去夏公遊蜀解后在天末舟中話三更小詩憐離別秋初客榕垣花光（閣名）叙寒熱示我蜀中詩餉我閩中物厚誼邁投桃引吭歌采葛相違歲未周豈意成永訣公名足千秋等身留著述詩文與書史三絶世罕匹誰繪三陳圖（曹纕衡謂公與弢師及散原先生可合拍三陳會合圖）百世仰先哲嗟公方蓋棺烽煙連

冀察沿海門戶開戈船肆出沒跋浪駭鯨鯢沸鼎遊魚鼈惆悵亂離人生死二而一縣解謝劫塵火阬先自拔念此忽破涕作達仰秦失

丙子立春前一夜星社吟侶集余北谿別墅談藝不期而會者七人宵分送客橋亭舉頭見月觸景生情歸寫此詩畢而鄰雞報曉矣

夜來山礬風訊轉小齋兀坐攤書卷案頭忽見瓶梅開青禽報道東皇近詩人竟先東皇來剝啄聲中笑語豗有客有客紛戾止不期而會七人矣天寒春氣未曾回爐添商陸撥紅灰烹茶治具療飢渴更謀一醉酌金罍就中詩興誰最豪隴西布衣門第高頗怪能詩不能飲一杯在手醉顏酡（繡伊）匏庵詩酒有別腸醉后揮毫似張弩（秀人）肩吾為詩亦奇麗老來談吐更鋒銳胡然而天胡然帝（子懌）斗南詩名噪望湖騷壇旗鼓抗大蘇何況讀書兼讀律老去篇章更精密（軍弋）自出機杼楊誠齋亦莊亦雅亦詼諧（宜侯）羣推茂挺最能文頻頻過我到夜分自從三峽歸來日汎濫停蓄迴不羣（幼山）某何人斯蝨其間如持布鼓雷門喧撐腸拄腹多作態（借句）吟髭撚斷字未安今夕何夕我作主北谿谿上文星聚大言炎炎若無人驚起四鄰窺窗戶洗琖更酌又高歌浮生若夢歡幾何菰菜蓴羹貴適志千金一刻肯虛過竟夜言歡意未飫送客直到橋

亭去舉頭雲漢月徘徊更令吾儕得佳趣歸來不寐貪作詩詩成鄰雞忽報曙家人睡熟鼾聲隆擲筆吟哦獨擁被清晨火急着冠裳迎迓東皇蹶然起東皇降臨應心喜世間快意乃有此

黄仲則張船山二先生象爲謝雲聲題

何人牽率兩詩伯畫入丹青如舊識謝生囑友摹此幀（雲聲囑林子白重摹則山篛本）更有詩人爲補白二公生世雖同時西蜀江山萬里隔黄巳沒齒張方冠（船山生乾隆甲申越十九年癸卯仲則歿）間接因緣結翰墨（兩當軒集中先友爵里名字攷不載船山名船山詩僅載和潤臺讀亡友黄仲則聞雁詩一首）各擅中年海內名彼此惺惺遥相惜畫師撮合信解人但寫精神畧行跡二公詩筆有淵源希踪太白同奇特（按武進縣志文學傳景仁詩希踪太白船山詩爲蜀中詩人之冠有青蓮再世之目）仙才千年不一覯今竟後先共標格黄詩愁苦如蟲吟張詩馳騁展驥力（見北江詩話）張號老猿善飛騰黄如孤鶴困貧瘠雕搜奔放隨人工壽夭窮通本天擇要其人定可勝天造物無權爲揚抑當時騷壇雄萬夫異代當之猶辟易我少低首二公詩老大圖中仰顏色枯腸未足開生面沾匄還思乞餘瀝

子白出其作品赴台展覽書贈

米老書畫趙侯金石萃於一身藝林賞識更播蜚聲毘耶古國

抗戰集

陳丹初先生遺稿

抗戰集

廈門陳桂琛丹初

抗戰十四首 有序　以下廿六年戰訊

九一八之役余客滬瀆一二八之役余歸鷺門先後成感事詩十八章盧溝釁起余適渡南溟旅居宿霧慨自全民抗戰七月於茲兵燹所經頓成焦土睠懷祖國憤慨交并爰就所聞賦抗戰如干首非敢比擬開天亂離之什聊以昭炯戒激衆憤圖報復也至其戰略之變更與夫戰事之歸束苟有述作當再就正於海內詞壇云

盧溝橋撼海東鯨澎湃風潮震舊京遂使三忠化猿鶴劇憐再戰失幽并平型暫阻長驅下保定旋看小醜橫吟罷召旻哀故國萬民血肉築防城

七月七日敵藉口盧溝兵士失踪在宛平南苑各地挑釁爲吉團長星文堵殺卒以大隊進佔平津復據綏察南苑之戰佟副軍長麟閣趙師長登禹與土同焦南口之戰楊團長芳珪與壕塹同燬平綏路接戰唯楊愛源部平型關告捷而保定正定滄州石家莊復陷落敵手

又向春申鬥不休戈船含尾薄江頭當年浴血誇餘勇此日撝戈雪舊仇縱使增兵傾蟻穴何曾涉足越鴻溝沈江不為奸人洩早見艨艟類楚囚

敵艦擾滬淞三月援軍叠至難越我軍陣地使鑿舟之計不洩則鑿舟沈江敵艦成釜中魚不能溯江進犯矣

軍陳分開扼滬淞眼前羅店正當衝幾番得失猶摩壘三月爭持未折鋒忽痛中權

移鳥陣可憐南市化狼烽強梁不鑒前軍覆日暮途窮更肆凶羅店扼滬淞之衝爲兵家必爭之地相持三月屢失屢復自廟行大塲等陣地退却全局瓦解南市孤軍苦戰三日終被敵包圍或死或退全市化爲灰燼

日夜環攻向大塲目標更擬達南翔短兵四度膏鋒鍔戰地經旬竄虎狼暫作葫蘆成曲線自親黃插守殘疆試看五百田橫客死守猶能抗一方敵猛攻大塲南翔凡兩晝夜肉搏四次我軍因戰略關係與廟行鎮同時撤退作葫蘆形曲線布防於大塲之南閘北遂不能守謝晉元猶率一營孤軍據四行倉庫樓頭抗敵凡四日夜旋奉令撤退

紛來虜騎晉陽城日夜機聲雜礮聲九塞雄關難據險一軍白水競捐生交攻腹背成孤立翊贊韜鈐賴衆擎更有朱桓能養士包抄憑仗出奇兵井陘娘子二關失守忻縣陽泉安陽再陷郝軍長夢齡劉師長祺鄭旅長廣珍殉於大白水之役太原遂被重圍許書庭全團又殉焉所賴程潛顧祝同陳誠李濟琛諸將翊贊韜鈐朱軍擾敵後方更用散兵式布滿東北以期牽制乃得阻其破竹之勢

目營軍實視耽耽鬼蝶頻從百粵探未獲張羅教墜下須防鼓翼再圖南鷩心水陸交通毀轉瞬舟車次第含沿海杜施封鎖策運輸與國許分擔敵機叠炸粵漢廣九兩鐵路及公路石龍橋唐頭廈常平新塘與土塘一帶均被毀損又屢礮擊虎門蓋恐英人以舟車接濟我方軍火然破壞雖力以我修繕工程迅速尚無大妨礙且法屬越南及英屬緬甸俄屬西伯利亞皆可運輸敵機無從截擊

屛東鐵鳥起南天敵艦如雲海上連巨彈頻來炸禾廈偏師又擬擾漳泉兵加以海

歸魂地事異盧鏜破賊年太息故鄉誰禦侮藤牌子弟合當先

敵機叠炸漳泉禾廈不得逞乃以兵艦廿三艘攻下金門烈嶼分兵犯圍頭塘東一帶被我壯丁擊退按圍頭昔日設鎮眞德秀嘗據此設防抗倭殘壘頹堡今又有存者又屏東臺南部郡名有大飛機場在焉

狂炸圖邀旦夕功限期通牒嚇愚蒙欲驅使節龍蟠外擬置都城囊括中禁衛張防森壁壘侏儒墜地化沙蟲播遷尚有重來日郭李收京待反攻

敵寇滬久不得逞欲以飛機五十架襲我首都先期警告各駐使遠避多置之不理某國大使獨乘艦離京嗣是敵機紛至沓來輒被我空軍擊落乃萃其海陸空軍衝破滬淞深入蘇錫將威脅京都迫訂城下之盟國府遂遷都重慶命各軍拱衛京市

恣意侵陵孰制裁和平會議又重開久聞約法三章棄何必諸侯九合來弱國力微難自衛行人舌敝總堪哀魯連千載高風渺幾度調停枉費才

十一月十五日九國會議在北京通儒院開幕日本拒不與會討論良久僅以考慮何者爲其所應採之共同態度一語了之旋卽休會迄今未聞採用何種態度以制敵也

福山突破又江陰三面旋遭敵騎侵腹地鏖兵藩已撤首都登堞寇方深尺書揭示存亡局寸土寧忘拒守心難得外蒙能向化連兵抗日播佳音

敵水陸並進福山江陰礮壘先後陷落卽從京滬京杭三路侵入南京我守軍遂於十二月十三晚奉令退出　蔣委座告民衆書表示繼續抗戰之决心一面改革內部之組織一面糾正外交上軍事上之策略時外蒙將宣言仍隸我國準備派兵南下參加抗日

按兵不動誤三劉齊魯雄師只自謀竟有淮陰甘相背幸從李晟早通喉黑煙彌漫

迷青島突騎縱橫擾兗州平漢平津游擊戰膚功專仗後方收

貽誤戎機莫大於劉峙劉汝明劉多荃韓復渠鎮山東擁兵十萬坐視魯北淪陷以保境安民媚敵幸李宗仁涖魯箝制姦謀不遂雖就極刑然魯東已難防守矣歷城陷後青島敵產全部被燒敵人無所顧忌恣意猛進所幸平漢平津次弟告捷後方牽制敵軍行動朱彭之功爲不沒矣

晉皖幽燕挫敵氛杭州進迫又重聞守攻異勢胸成算勝負移時局已分後顧整千防禦壘先驅百萬正規軍人心未死回天運會保江山應石文

我軍先後收復廣德廣寧高陽近張發奎又進攻杭州其他友軍更沿長江及平漢路造成八百堡壘以固守武漢復以正規軍九十師開赴各方前綫作戰反守爲攻節節勝利據報載南京軍民在中華門構築防禦工事挖出石牌有偈語十二句末云中國自有草將在一張馬箭射出關待到虎年臨到日名人出見保江山殆符讖語矣

王孫戰績擬馮張抗敵威名播四方曾見浦東堅壁壘早聞薊北掃欃槍衝鋒合比楊無敵退陣渾如石敢當如此鐵軍摧弩末不愁倭寇再狓猖

前馮治安師長在薊北張發奎軍長在浦東均以抗日著稱近王敬久孫元良二師長在南京日寇礮火下掩護我軍作戰略上退縮眞足當鐵軍徽號矣

俞龍戚虎盡前驅飛將當空扼四隅若膽久經嘗霸主鋼刀端合殺強胡中原抗戰成全面天下興亡繫匹夫衛國毀家兒女並渡河指日可歡呼

蔣委座開高級長官軍事會議決定反攻我空軍劉粹剛樂以琴高志航黃光漢毛瀛初董明德等又迭奏膚功全面抗戰展開國人無分男女或執戈衛國或輸財助邊同心一德收復河山黃龍痛飲在指顧間耳

續抗戰九首 並序

以下廿七年戰訊

曩賦抗戰詩十四律刊諸報端所陳戰況第一期尙未告終今則轉入第二期矣在此階段中敵軍之侵佔愈廣而我軍之抵抗愈烈雖彼此互有得失而士氣民氣則視前有加縱有僉人爲敵張目固無如我何也爰摭戰訊續成如干首就正於吟壇鉅子此後兵力轉移易守爲攻憑優勢之主位守一貫之方針最後勝利引企可期會當再貢燕詞以附鐃之歌之末焉

河山表裏古來雄三晉交兵拉鋸同鐵礮縱轟雙路赭旭旗難蔽一軍紅飛芻枉使從天上餓虎終教困穴中但使正規軍並進五臺游擊竟全功

敵軍在晉與我大戰已歷兩次一爲打通正太鐵路佔領太原二爲打通同蒲鐵路佔據晉南嗣晉南被我軍克復侯馬曲沃亦旋失旋得敵方久被包圍需用糧食子彈專賴飛機輸送往往誤投我軍陣地

敵困臨城氣不揚分兵便擬下三莊一軍背水爭先着兩翼包抄截後方肉搏陷胸成血泊火攻鑿壁燬碉房空前勝利台兒役合譜鐃歌十八章

敵沿臨城進攻我軍扼之於韓莊轉薄棗莊又爲我東北軍所誘深入台莊我軍背水反攻敵後方爲我游擊隊截斷右翼臨沂方面又經我張自忠龐炳勛兩師前後擊潰敵酋坂垣雖復增師已不能與台莊相策應因在沂河南岸展開大血戰我湯孫兩部遂採用白刃戰敵憑碉樓抗拒多被我大刀隊砍殺嗣敵援軍再至與我成拉鋸戰數晝夜我軍鑿壁施行火攻焚死五百人其衝出者亦被堵截擊斃實抗戰以來未有之大勝利會戰結束爲四月七日世界軍事家至比台兒莊爲歐戰時之歪皮利斯城云

輪車衝要首徐州李白分符此建斿十字陣開龍虎鬥三方圍免網羅投保郭功邁睢陽守退卻人欽道濟謀主力獲全歸豫鄂重新壁壘布宏猷

徐州在津浦隴海兩路之交叉點爲兵家必爭之重地李宗仁白崇禧兩將軍奉令鎮守指揮粵桂川魯及于學忠部列成十字陣與敵作爭奪戰凡四閱月敵傾陸空軍分三路進逼我軍爲避免無謂之犧牲於五月十九晚奉令退出附近陣地繼續抗戰當李白兩將軍之統率徐垣大軍退出也衝破敵方包圍網敵不敢追擊其勇敢卓絕之精神爲中外所欽仰

蘭封放棄又開封旅退非關避敵鋒天意分明挫驕虜河流潰决阻橫衝難攻鄭縣新防綫妄叩桐城舊列墉本為西侵轉南徙東夷作計太愚惷

蘭封既失敵乘勢西進開封遂爲雙方奪爭地我軍以豫東係一大平原不宜作大規模戰爭遂並放棄期達消耗戰之目的新防禦綫則自鄭州起延至湖北邊境止時河堤驟決敵陷洪水中區又遭豫東遊擊隊之重創倉皇退守徐州南下由宿縣蚌埠而窺合肥旋挫於桐城

餓鴟墜處幾生全斷脰殘肢劇可憐準擬摶風橫四海那知鎩羽落中天報牙見新約書儘有龍城將移檄先投倭國箋一例兵爭文野判西人月旦萬方傳

二一八及五卅一之武漢空戰二一四之南昌空戰四一三及四二九之廣州空戰已顯著我空軍之身手据我國空軍主任毛邦初報告過去一年戰爭中日機被擊落及炸毀者達一千三百五十五架日空軍人員死亡者達一千一百人其在一二三之飛炸臺北五一九之飛偵倭國分擲傳單尤見我空軍遠征之本領宜美國郵報以文明國譽我也飛日本之國機凡四架領隊者大隊長徐煥昇副隊長佟彥博隊員蔣紹禹劉榮光蘇光華安錫九梅元白等

故國烏衣事可哀覆巢轉眼化塵灰換防妄效空城計為鷸翻成誨盜媒五百士慚田氏客八千人陋李陵臺更憐孤壘炊煙絕發礮猶遮敵艦來

金門失陷難民逃廈間諜緣以潛入藉獻力爲名窺伺堡壘及駐軍虛實五月七日七五師換防僅留五百人駐守全島而新軍未至敵得諜報於十日晨派艦隊十二艘飛機三十餘架夾攻先由禾山泥金社何厝登陸營長王建章逸去任其侵入士兵亦不肯作戰楚參謀懷民督戰陣亡師部遂退入內地迄十二日烏里山嶼仔尾兩礮臺斷炊已久猶發礮以阻敵艦壯丁數千人十日早既集中待命赴援中途被敵機掃射者數百氣不爲餒以彈械兩乏無人指揮乃分散作游擊戰猶據西山洪濟山一帶未肯退却有效夷齊之餓死首陽者童子軍則沿途負救護之責不因敵兵之兇暴而氣沮禾山有舉鄉拒戰而全被殘殺者約計廈禾兩地死於是役達數千人實開各地抗敵之新紀元焉

橫江倭艦百成行銜尾西來越馬當天牖戎機空制海彈鳴雷鼓火焚檣游魚釜底

終難脫飛鳥雲間自遠翔此是中華新戰畧勛垂赤壁紹周郎

馬當湖口之役我空軍先後擊沉敵艦三十餘艘具見以空制海之妙策矣

環攻三鎮苦淹留橫海分兵搏廣州坐使飛鵝失天險遂教穿蟻潰江流傷心焦土阿房火越境災黎軍府因統帥寬容期報効不隨韓復渠李服膺共虔劉

敵攻武漢五月不得逞又因德安敗衄轉而寇粵十月十二晨分兵惠屬澳頭各地登陸守兵單薄無從抵抗敵以淡水爲据點攻佔飛鵝嶺惠城遂陷旋下博羅增城直犯廣州二十日省府遷連縣自毀公用事業工廠翌日敵入廣州市自大亞灣登岸不滿十天南疆重鎮即告不守雖曰漢奸通敵爲作嚮導然軍事當局之疏於防範實難辭其責也粵省災民十餘萬抵九龍英政府設難民營以收容之待遇尚佳然不能隨意他適

寇患方深鼓政爭敢攖衆怒倡和平二期戰畧歡騰日一紙降箋唾罵聲從古秦王甘媚敵即今韓岳肯收兵中華樞府殊南宋豈任東窗密計行

汪精衛與敵訂塘沽協定喪權辱國識者已疑其媚敵固位本年十月十二日敵軍在大亞灣登陸對海通社記者談和平之門未閉廿一日我軍退廣州又對路透社記者申述前言十二月卅一日且在香港發對日謀和之通電敵相近衛最近宣言與汪氏通電會於事前彼此交換意見其意存破壞抗戰政策與敵携手爲領袖僞組織之準備昭然若揭國內外同胞聞耗之下羣起聲討唯第二期抗戰計劃已由最高領袖宣布舉國贊同而衛國將士敵愾方深决非賣國求榮之汪氏之陰謀所能破壞也

抗戰七首 三續 以下廿八年戰訊

南海翻聞失海南重洋虎視已眈眈漫誇英法航能斷更使香星勢不侔趁火劫人眞狡獪毀盟背友太癡貪明興約定羊城失舐米何殊食髓甘

二月十日敵乘歐局緊張之日突佔海南島揣其目的謂可威脅法國軍械經安南運輸中國與打擊香港星洲間之交通綫作進犯西南之據點 蔣委座謂爲太平洋上之九一八也英法雖以其背約先後提出抗議敵均置之不理既而明興協定（即承認德幷捷克事）發表敵更肆無忌憚又向廣州進攻並與某國不攻取粵省之約言而亦背之矣舐糠及米食髓知味孰使之然哉噫

豫章形勢贛心窩炮火環攻十日多摩壘已摧登堡綫沈淵猶舉魯陽戈危城奮勇殲狼豕間道從容脫網羅回首德安曾挫敵整軍再戰未蹉跎

贛省控扼甌越掩蔽荆襄早爲敵方所注目唯敵自德安敗衂南犯不得逞者累月嗣以精鋭進犯南昌與我軍血戰十日工事被毁猶據城巷戰是役殲敵萬人乃於三月廿七日退出

潮汕安危繫粵東羊城已陷失屛幪市區叠炸猶封鎖鐵道長驅欲進攻浪說韶關兵可入却圖南海貨能通運輸西北多途徑武器何難域外供

六月廿一日敵陷汕頭封鎖市區其目的在進犯韶關又稱此舉可破壞我國軍火接濟及貨物出口廿七日再陷潮安

豫鄂興戎亙十旬敵師慘敗已頻頻乍聞悍卒坑隨棗又報偏師厄厲均逐北只知心有漢圖南應媿目無秦西風落葉凋零日敢說櫻花是戰神

五月間敵擬西犯寇隨縣進棗陽又陷新野我軍截擊於桐柏棗陽之間殲敵二萬人自台兒莊田家鎮德安陽新勝利後當以此役爲大捷敵酋岡村寧次自隨棗慘敗後人目之爲日本李服膺岡村亟補充殘部欲拚死進犯以掩前醜八月一日復由信陽向西南猛攻高城厲山我方苦戰兩日不能守雙方在唐縣鎮（屬隨縣）相持嗣我川桂援師至敵恐再蹈隨棗之覆轍乃向南攻大洪山據安居均川各地我軍回師夾擊先後克復厲山均川敵遂潰敗不能成軍中央社電訊謂日軍勢成晚秋殘葉其凋零之象日益彰明矣按敵人常以櫻花比彼國之名將故結句云然

威脅漳泉力已殫閩江敵艦又翻瀾海疆縱使淪川石幕府何妨轉永安投彈鯉城

圖毀滅居心狼毒逞凶殘更憐唐剎開元佛也尼妖魔體不完

敵據金廈經年輒威脅漳泉不得逞六月廿七日轉向閩江口之川石登岸又侵入羅星塔封鎖江口省政府遷入永安遂以巨彈叠炸泉州市區以揚威唐代開元寺遭燬寺僧及民衆死者甚夥斷脰殘肢紛挂樹木厥狀至慘

動如脫兎鬼神驚幕阜湘陰一鼓平墓近黄興邀默相人欽薛岳擅奇兵凱歌遠勝台兒役犒賞新頒國府旌捷報傳來逢國慶新都火炬壯遊行

十月五日我軍在湘北大捷克復長沙以北廿英里之據點至汨羅河南岸四十英里地帶殺敵三萬乘勝克復平江湘陰實遠過於台兒莊之役此皆由薛岳關麟徵等諸將領指揮得宜及前鋒英勇健兒血戰所造成也捷音遠播舉國歡騰中央在雙十節前得此捷訊異常欣慰撥巨欵十五萬慰勞前方將士重慶市并舉行火炬遊行慶祝會

困獸羊城忽掉頭南寧直搏逞陰謀先鋒防敵侵梧邑大將分兵扼柳州主力布成新陣勢反攻急轉下江流崑崙爭奪雄風在肯許幺麽此逗留

敵之攻桂省意在斷我桂越交通或由桂林截湘桂鐵路或下西江打通廣州爰以二師團配合空軍於十一月廿七日陷南寧城中大火與我軍短兵肉搏達兩晝夜損失至鉅其原定計劃擬分兩路包抄一由欽縣用馬隊直趨南寧一由蘆苞犯肇慶由肇慶侵梧州後者視前更重要無如犯蘆苞潰敗而南寧方面亦孤掌難鳴況我軍布成新陣勢於柳州節節反攻翌月即收復六七八九塘翌年二月初旬又先後克復武鳴賓陽而崑崙關復旋失旋得使之受意外打擊陰謀粉碎目下我軍已包圍南寧近郊之三四五塘掃除妖氛爲期當不遠也按崑崙關之戰杜聿明夏威蔡廷楷韋雲淞四將分扼各路厥功甚偉

投荒集

陳丹初先生遺稿

投荒集

厦門陳桂琛丹初

庚辰五月予移研古島寓樓臨江時有震風陵雨添人去國懷鄉之感因别署風雨樓主系之以詩

何來風雨撼危樓雨雨風風鬧不休今日九州風雨晦不風不雨也生愁

覺夫以長相思室石印屬題為賦古歌一章

婦相夫中道折夫思婦中心怛長相思思難得顏厥居勒兹石於乎石可爛兮心靡忒

書事三首

擾攘丁今日江山異昔時腐儒慚報國戰士久登陴人海爭廝殺神州力獨支何當仲正氣制勝出偏師

萬方亂未已鴻雁失其羣地有氷炎隔人無貴賤分處囊誰脫穎勒石佇銘勳漂泊吾垂老徒然四體勤

窅廬空四壁一席即青氈但解饞為命何曾硯作田詩成倚枕上夢入華胥邊太息
龍蛇運翻更赤馬年

羈愁二首

寓縣兵戈暗家山萬里睽經年沈信息十口各東西白日將愁盡烏衣入夢迷不知
離亂後妻子孰提攜

瘴雨蠻煙地雕愁刻恨天鴒原同急難犬子久西遷國已隨家破玉寧覬瓦全百罹
攻一寸何日慶團圓

壬午除夕二首寫寄耀銓

蓬累蒼茫接大荒餘生烽火記踉蹌望門投止經三徙舉宅分離恰十方過去刼眞
悲赤馬再來歲忍紀紅羊六年去國當今夕見慣麻姑海變桑

椰雨蕉風釀歲寒（山中氣候偏冷）可堪兵警起疑團爰居鶢若驚鴻散戢影差同怖鴿安洗甲
何人能預兆（豫言者謂明春戰事可結束）逢春旦日又開端（元旦立春）邵窩梁廡都無奈如此乾坤去住難

除夕寄少華

患難相從獨憶君情何稠疊意殷勤居方盤谷斜橋隔地儗華山半席分刧鼠倉空

難餞歲叱羊石轉尚歇氛蹉跎天與詩人健還博詩名海外聞（是日值少華生日故結韻及之）

逃難蠻荒自辛迄甲四年矣書寄耀銓吟兄正和

一老投荒地四遷呻吟蝸舍擬焦先怎當奔迸流離際做弄辛壬癸甲年兩戒河山猶鬥蟻漫天烽火墮飛鳶撫弦譜出同聲嘆世網何時脫罥牽

讀耀銓兄旅懷詩次荅兼賀得子

更番風色似風馳日日凭欄刻刻思清淺已看三度劫模糊未了一枰棋幾人世味能嘗胆若個詩情慰展眉喜汝添丁為國役曉提戈印合揚庖

山居漫寫三十六首

短衣島國主僑爨避亂携鉏代舌耕莫說先生重盛（平聲）服而今披褐笑先生

瘴雨蠻煙夜氣淒逃秦人幸一寮棲枕邊底物驚鄉夢唧唧吟虫喔喔鷄

暫借荒山作寓公一犂煙雨闢深叢灌園本是吾家事如此生涯未算窮

小隊南山事墾荒分曹自願學舂糧此身輸與梁鴻隱廡下何曾共孟光

伯鸞避地淵明隱千載高風仰二賢一事鰥生容竊比不居廡下即籬邊（擕粟餘閑輒步籬邊賞菊）

蠻村闃寂易黃昏瞑坐無從話比隣一穗鐙花催入夢遲眠人作早眠人（予卅年來均宵分始寢）

二畝荒田半火耕，播蔬蓺黍種花生。為彌歲儉呼庚缺，別挿山薯千百莖。本團農事蔚宗獨肩其勞

荒雞膈膊鬧村中，成就當年越石功。我老無才詩恐啞，伸吭和汝作沈雄。

諸番農暇學通商，果蓏諸芋併一筐。不有零錢和尺布，總難攝取潤飢腸。

世亂青蚨竟渺然，零星市物費周旋。別裁楮券同鈔引，便抵劉巴直百錢。非島陷後所有角子銅元等輔幣一時俱窮，合作社乃造直百交鈔互相周轉

幾經飄泊等疲氓，衣著隨時亦變更。阮屐陶巾司馬褐，甯因韜晦竟逃名。山中人統呼予曰老先生，不以名

深山深處少人家，寂處茅廬手自叉。一飲偶然招近局，雖無薄酒有濃茶。村中無酒，茗飲亦唯予廑有

環山卅里盡幽叢，日日山頭詠雨濛。是雨困人人困雨，一年斷送雨聲中。

避難偕來衆難民，襌衣百結若縣鶉。更堪肉袒耕耘者，直似西方裸國人。

千金稱女語從俗，名實相符起自今。不見黃家新弄瓦，穩婆直欲索千金。有穩婆爲黃家收生一女，程遠久候索報千金。戰時高抬價格，固不廑物踊爲然

戰時學校雨餘花，近人句移植憑誰灌溉加。虧有難童儗嘉木，不分桃李與蕉椰。蔡金針聘淑謙曼麗二世講爲村塾師，難童中有美非籍者

雲璈親迎鬧空峒，別有郎家聘禮豐。案取齊眉牛匹女，居然蠻俗尚華風。山番娶婦以碗百塊牛五頭當

聘錢而親迎其親屬則考鉦以助熱鬧

杜屋風倚雨又顛祝蝠稅駕夢魂牽蒼蒼或悔戈生餤未忍災黎劫火延九月十九晨苈舍失火幸同儕搭救獲免焚如先是同舍生嘗夢火發雖無瓘斝之禳時有畚挶之備卒罹小厄亦云幸矣

團瓢準擬度災年那更誅茅庇一椽莫話滄桑感疇昔眼看架屋又犁田

始信人間一飯難晚餐捱餓又朝餐饑年閉糴愁飢火厲禁誰為辛劬安秋稼歉收山番閉糴遂鬧米荒僑人所種山藷又難供需予等間食黍豆以代飦粥

播成藷豆滿農塲鬻蹌何來黑面郎衹為饑年餬口計不辭偵邏夜輪當

為護園中玉黍繁朝朝吶喊當鈴幡慈烏也憫哀鴻苦嘯侶呼儔過別村玉蜀黍輒被羣烏啄食輪直聲喊烏亦歛迹

亂時百物價騰昂土物供需亦頓荒豈但五窮窮日甚開門七事併慌張茶油火柴線先、賈曾作五窮嘆

宰肉誰如孺子分紛紛爭割兩求斤村人豈盡東方朔一塊攜歸遺細君村人常蔬食間有宰牛豕者輒爭購須臾立盡

竄身荒谷為求安翻使青蠅弔影單亂世果然人命賤病無藥石死無棺一年來同僑病歿者二人

佛說真如事豈真逆知賢劫本前塵滄桑也到深山木斫盡千叢作爨薪

已苦泥濘又棘荆，叟堪戀闢塞夷庚。嗇夫豈授詩人訣，思路由來總厭平。蠻村蹊徑幾爲墾荒者杜盡苦

於出門用石老句殿韻成詩

任是桃源也戰場借句，隱身藕孔究荒唐。任宅跕跕飛鳶墮，任意相羊首一昂。飛機頻頻過境

去年常過遇園來，花木欣欣遶屋開。今日園荒賓作主，園花猶解向人陪。歲荒農事忙園主人匙在園中

園事漸廢矣

窗豁無簾戶不扃，隔屏便是室和廳。料無長物供胠篋，驚破天雞夢始醒。

又逢降誕祝耶穌，雷樣歡聲起一隅。天使佳音原博愛，可容一借報家無。非人例於聖誕前夕結隊至人家唱報佳音一闋予削迹窮廬三聆茲曲而家書則一字莫達

久客何人不念家，況當離亂各天涯。死生流轉憑誰問，望斷排空雁影斜。

黑劫灰飛歲月侵，家山萬里夢難尋。眼前底物催人老，半為羇愁半苦吟。

世當叔季原澆薄，人到艱危見性情。一自兵興時代革，恩恩怨怨不分明。

已將奔迸流離況，寫盡酸窮苦澀詩。直個詩囚媲郊島一謂少華，不知放赦是何時。

光明火炬徹山隈，漫衍魚龍鬧一回。八極大除丁此夕，幾人粉飾太平來。新曆除夕村中中外士女持火炬遊行并陳雜劇以迓新年

文集

陳丹初先生遺稿

文集

廈門陳桂琛丹初

菽莊修禊序

之洧水而招魂風傳鄭國集蘭亭以修禊事創右軍是以楊柳旗開浮橋爭渡桃花浪漲曲水流觴斯皆雅士閒情抑亦名流韻事豈云在昔以迄於今歲紀庚申春惟元巳菽莊主人會羣賢於鼓浪嶼之藏海園修禊事也是日也小雨初晴惠風送暖蝶鶯弄影桃李爭妍瞻韋曲之池台賓朋濟濟簇謝庭之子弟裙屐翩翩主人於是開談瀛之軒以盤旋儐渡月之亭而賞玩徘徊籬落看滴翠之春山彳亍橋頭聽鳴琴之流水三月三日水面之麗人偏多一詠一觴林邊之名士紛集無絲竹管弦之亂耳有雕龍繡虎之鉤心鬬句聯吟飛觴轟飲不減華林園之宴會直同樂遊苑之詠歌者也獨念駒光易逝鴻爪難留辰逢戒浴既有童冠禊飲蓬池可無詠觴後序有懷醮筆敢云穎士題詞强索枯腸莫笑參軍蠻語

同文聲發刊詞

大塊無聲一噫氣耳無以名之名之為風是唯無作作則萬竅怒號而獨不聞之寥寥乎人之生也林林總總天地蘧廬也日月牖戶也光陰過客也浮生若夢也其與大暮同歸於盡也於乎悲夫余欲無言寧可得已此同文之聲所由來也溯同文聲之發軔於去年夏同學淩生霄鶴擬創月刊徵余主稿以課務紛若遲遲未果今諸君秉鍥而不舍之心互相匡助始告厥成發刊有日索詞於余余回思主同文講席五載於茲矣新知舊識罔饜學者於文字之觀摩應盡攻錯之責其敢以不文卻孜說文聲音也又凡響曰聲張載正蒙謂聲乃形氣相軋而成聲學凡物體顫動與空氣相激盪皆成聲是書也塊然寂然聽之不聞胡以聲名顧是書之作門分類別以中西文寓莊諧意夫言心聲也文以傳言不用軋之顫之自然成響故謂之聲此同文聲之名所由來也二十年前之同文煦煦孑孑靡有聲也有之自今日始前之無聲非無聲也猶人之胚胎也今之有聲猶呱呱而墜地也由呱呱而牙牙而嘖嘖而大聲疾呼如鐘振聾如雷震物如虎吼風生如雞鳴天白合羣策羣力而同聲相應挽墜落之人心以道德聲活痿痹之民族以體育聲扶幼稚之學術以科學聲喚中華之國魂以改造聲破萬惡之財產以勞働聲雪千古之奇辱以國恥聲舉凡世界

上可喜可怒可哀可樂可慮可嘆可驚可怖之狀靡不一賴是聲以傳之前者唱於後者唱喁再接再厲其可亙上下東西而未有已耶脫若言欲吐而仍茹口若訥而不出類寒蟬仗馬或等鼃聲蠅聲以至斷續不能成聲又何取乎是聲嗟乎沈沈長夜誰撞自由之鐘莽莽神州無限銅駝之感天下興亡匹夫有責鶴鳴子和鶯求友聲是所望於廿世紀之健者

蘇謦予謝雲聲甲子雜詩合刊序

謦予雲聲二子合刊甲子雜詩百首囑序於予予受讀之竟喜其行間璀璨聲情沈烈若元宵野望腦海心潮曉風長夜晚虹重陽虎溪萬石大風雨四花吟席上吟諸什於定菴詩為近天下震矜定盦詩謂其變法從心全乎神者二子齒少才銳充其所學當可入神璀璨沈烈云乎哉抑朱竹垞有言七絕至境須要詩中有魂入神二字未足形容其妙引此與二子共勖俾知此道之難別開生面存乎其人丙寅秋分日思明陳桂琛識於勵志學校

先妣事略

於乎惟我　先妣楊安人既改葬於南普陀之八年小子琛始克詮次事略於譜悲

哉　先妣歿時琛才六歲二弟才三歲　先妣之善言懿德胥夢夢焉稍長吾　父詔琛曰爾知爾母淑行乎予不能忘爾曹亦不可忘也予髫齡時爾　王父母相繼歿承先人後者惟予與爾叔父而已孰意爾叔父踰冠亦逝門祚之哀可知也逮爾母歸吾家歲時伏臘任郵睦姻職之井然親朋若不知予之餬口於四方者生爾及璋兒後予遇益屯家中饔飧需汝母治之予以為苦曰吾少習此不苦也嘗語予曰天之生人厄之即以成之古有牛衣對泣者吾竊耻焉且吾有二子可望成立君但自奮奚戚戚為予聆之私幸家有賢婦可無内顧憂戊寅歲客榕城道逢宣講者立叢人中耳其說有關風化後十年述之爾母爾母善之予因與同人有多吉社之設立爾母寔慫成焉歸予七年積勞已成疾加以早歲喪父僅一幼弟其事爾　外王母也孝養備至　外王母卒治喪心力交悴越年餘舊疾復作遂以不起屬纊時爾來自外立牀前爾弟坐牀側猶謂母寢耳不知其為死也傷哉遺囑諄諄以外家祀事為慮今楊家春秋祭掃予尸之罔襄爾母志也吾　父之言如此琛泣而志之弗敢忘　先妣原姓蔡　本生外祖遠楚公為烏山望族以　先妣幼多疾抱養於楊晉寺公因從其姓以吾　父議敍州同銜例贈安人子男四女一男曰琛曰璋璋

出後先叔父皆　先妣出曰琨曰琣女曰雪岑皆　繼慈謝安人出也　先妣生於清同治甲戌年九月二十七日巳時卒於光緒甲午年五月二十九巳時享年二十有一自先妣亡十六年琛始於厦門官立中學堂優等畢業獎增生又三年福建優級師範學校最優等畢業咨部注册供職省立思明中學校又一年承　父命授室莊氏璋業商娶林氏琨思明中學校畢業生琣思明中學校肄業生均未娶雪岑思明女子公學畢業未字於乎　先妣卒後逮今二十有一年矣小子等之成立止此竟弗克大慰我　先妣之望天乎痛哉中華民國三年歲次甲寅十二月望日男桂琛泣述

家君渡海尋骸事畧

嗚呼我　王考歿十三年　家君始得渡海負骨歸葬閱六年己丑琛生又二十三年壬子琛畢業福建優級師範承乏思明中學講席稍知為文字　家君始詔以渡海備歷艱苦事琛要欲記之執筆泫然復輟迄今又十七年矣　家君之言曰予家素貧汝　王考念故里無可為清同治庚午商於台灣之鳳山縣地距吾厦水陸且千里交通險阻水道尤阨音書闊絕舉家惶恐久之始得凶訊蓋巳於辛未年棄養

矣予時年十一叔父方九歲覩　王母泣亦泣然無能為也亡何　王母又棄養予兄弟益孤苦年十六棄學商於榕城榕有宣講社心儀焉暇輒往聽社中人贈予敬信錄閱之有祖先骸骨在外幽明不安之說痛念親骸委棄異鄉曷以為人顧一錢莫名奚資以行遠居二年改商泉郡五載積二十金乃隻身由惠邑渡台一帆風利越晚至梧權翌晨雇輿轉鹿港未數里大雨如注避宿村舍輿夫謂余此去溪澗三十餘深者筏以渡淺者揭而過今溪流洶湧輿烏能前請辭從之越日晴負袱隨人前水深三尺無筏可渡跣足而涉晚抵嘉義縣治又二日至台灣府治感寒溫抱恙信宿乃行又二日至鳳山禱之城隍神占得龍虎相鬬在頂山君爾何須背後看二語初訝其兆不祥忽憶　王考庚寅生寅於支為虎神或示我先人瘞地耶徧詢近山有名武祿洞山瘞地也跡之有碑題鷺門　陳卓英公墓默念　王考諱上文下傑不合舍是又無同姓同籍者疑而未決仍禱於神方出廟門遇邑人陳紀祥君覩余神色倉皇問狀以實告歎曰子其陳君兒乎我幸識而翁日暮矣盍過我至其家出　王考刺後有諱在蓋易名為字云予伏地謝侵曉奔墓所且泣且掘遂裹骨藏之篋既而返台灣府治前約往返船遇颶飄去他舟俗忌不許運不祥物心殊焦急

乃謀由台北返里有萬年清者官輪船也泊安平港距岸數十里波浪險惡舟子以筏繫木桶而渡客適繩絕桶翻予溺焉遇救攀登然不敢啓篋易濕衣恐露骸見擯也抵台北探囊中錢僅千餘徬徨不得返適汽輪以平價招徠罄所餘貫舟券由滬尾抵厦患關吏稽查見骸爲難呼小舟載靜僻處顧囊無一錢婉商舟子負篋至市當償倍直途脫衷衣質百錢畀之自負以歸時余未有家叔父寄居伯祖處相見悲喜然無力營葬權厝半山塘越四年丁亥十二月窆於南普陀之鼓山吁艱哉小子識之書示後人噫　家君少孤露性慈祥講書勸善越四十年所諄諄不倦皆此尋骸之一念所推而廣之者也獨念小子四十無聞未能養志又何忍令潛德闇然而不章乎爰次其崖畧以告後之爲子孫者

中華民國十七年戊辰十二月十日桂琛敬誌

（附　記）

右文脫藁後屢荷　陳弢庵師諸前輩暨海内知交題詞凡得詩文如干篇越三年而　先君棄養簡策重披羹牆宛在每懷罔極倍益哀思重勾　夏劍丞先生補圖　程子大先生篆額　譚瓶齋先生書耑雖才非元季有慚述德而褒榮袞冕

足發幽光爰裝此卷並識顛末庶子孫寶之藉以永孝思於無窮云

甲戌三月朔男桂琛又識

廈門私立勵志學校十週年紀念並新校舍落成徵言啓 辰戌

吾廈之有學校垂二十餘年惟風氣初開未能普及莘莘學子或以遠道難至或以程度不合恆抱向隅同人引以為憾爰有本校之設立溯本校肇自民國八年初僅收附近男女生十七人單純義務教育十年秋由桂琛與校董馮開讓向本步熱心家募捐常年費六百圓賃民居為校舍規模畧具籌備較周頻年力事經營頗形進步生徒來學者源源不絕計新制小學六級國文專科二級顧舊校陿隘不敷展布十三年夏校董歐陽澤等公舉桂琛往斐島香江各地勸募承僑友慨解義囊不三月而集萬金合前本步及上海安南等處捐欵數千金足供建築之費乃於十五年夏購靖山頭葉氏舊樓鳩工庀材補罅增高閱六月而蕆厥事糜國幣一萬有奇計全校面積近百方丈房屋二十餘間地雖僻處遠隔囂塵室非崇閎尚敷設備集鷺島之青年男女絃誦其中誠得所也夫興學育才期諸遠大經始難踵成尤難負荷弗勝獲戾滋大某等忝長斯校於茲有年梓桑義務固不容辭尤幸諸同事勉力贊

勸熱心家樂為將伯獲茲成績為百年樹人之計未始非教育前途福也今歲六月二十二日（即夏曆五月初五日）為本校新校舍落成並十週年紀念之期同人謀所以慶之某等以教育事業首在崇實胡以慶為顧念此十年中風雨漂搖建設匪易是舉也亦以自勵將來非徒為目前鋪張已也海内文豪儻肯出其金玉匡我不逮則拜賜多矣謹啓廈門私立勵志學校名譽校長王人驥校長陳琛

廈門私立同文中學（原名同文書院）三十週年紀念徵文啓 戊辰

本校權輿於民元前之十有四載（清光緒廿四年）我厦人剏立中西黌序之先河也維時科舉未停外教侵入尚帖括者守舊學而少新知求新知者入外校而染宗教欲得一脫離宗教束縛灌輸中西學識者其道末由本校發起人葉壽堂先生毅然倡首集合同志慨捐巨貲商於駐厦美領巴君詹聲共董其事延聘中西教師賃民舍招生徒編學級授教科取書軌咸同之義定名同文曰書院者以其時未有學堂學校等稱故沿宋明以來舊名也越二載聘美之保連大學學士韋荼齋先生為院長後增聘講師擴張學額而設施孟晉矣來學日盛學舍湫隘罔以容爰緜葉韋二先生請於當軸闢望高石右為學址鳩工庀材矗宏重屋落成於光緒二十

六年復得熱心興學家為校董而校董部卓立矣緜校董部向本步紳富南瀛華僑募集經常解義囊以勷贊者為數不資而基金益鞏矣共和以來多士濟濟更有人滿之患校董葉壽堂黃奕住二先生復於民國九年各增建黌舍並峙二樓而中西學科分部教學矣是歲復聘周墨史先生主國學而英文仍緜韋院長主之自時厥後學子陡增師資益盛搜圖書購儀器而教材所儲燦然大備矣韋院長於民國十年任滿回美聘哥倫比亞大學碩士吳祿貴先生為院長十六年秋遵新學制改任委員且易名曰同文中學校今歲校長制復公推周墨史先生為校長而本校規模於茲大定矣綜計全校學生近十年來平均年約五百人曰高小曰初中曰高中都八級分十五組後先畢業以屆計者凡二十二以人計者數近千人任職於軍政商學各界多能為母校增榮譽而歲華遞嬗彈指歷三十年矣回顧三十年來創造維持唯校董昔時荒草之地今則黌宇崇閎與虎頭山並峻矣啓廸訓誨唯教師當年鼓篋之士今則翱翔乎中外貫通乎東西矣雖制度因時變更而灌輸新舊文明不染宗教性質持此宗旨三十年有如一日夫以諸君子興學締造之艱難與吾儕承乏之不易無以紀之奚以勵同人式來葉耶爰擇於本年十二月廿一廿二廿三三

日開三十週年紀念會由本校教職員及新舊同學友共同籌備並畧述顛末丐諸海内外閎建文豪騷壇鉅子賜以贈言周行示我則雲天高誼拜賜下風靡際涯已

厦門指南序

中西各國名都大邑必有指導專書遊歷者既免入境問俗之煩復得循途進行之樂意至善也吾厦爲閩南島嶼夙隸同安其爲世所稱也始於唐顯於宋著於明清自南京條約開放爲五口之一貿易頗盛鼎革以後析縣思明市區開闢道路縱橫車水馬龍梯山航海雖一島彈丸縱横州里而名山勝刹風景絕佳彼巍然高者洪濟太武諸峯則懸𧒽崖峭壁蜿扶輿矣彼蟠然曲者中山公園水操台菽莊則邃幽清麗磅礴巨觀矣彼疏然雅者南普陀留雲洞琴洞聖泉則琳宮聳翠春波漲綠矣彼悠然遠者篔簹鼓浪語嶼大擔則判若列眉瞭如指掌矣他若五老山下之最高學府上李之自來水池曾坡之航空處文淵井之圖書館尤爲輓近文化之擴充物質之建設者若是則吾厦之山水人文有足錄者即食宿遊覽亦稱便焉陳君佩真蘇君警予謝君雲聲合輯是編都爲十篇條分縷析爲識途之老馬作熟路之輕車即在厦言厦亦可於此中覘社會進退之跡焉故樂爲之序民國紀元十九年十一

月丹初陳桂琛

墨史周先生墓表

民國紀元十九年八月六日　墨史周先生卒門弟子哭之慟既葬復伐石以表其墓而陳桂琛為之詞曰師喪而弟志之禮也公西赤公明儀其濫觴也琛竊附斯義以志　先生　先生諱殿薰字墨史少而績學聲噪黌序望之若有秋氣即之則藹然可親丁酉同伯兄　梅史先生領鄉薦兩罷春闈科舉旋廢庚戌會考以主事簽分吏部驗封司國事已非歸隱里閭益肆力於教育自為塾師而厦門中學教習而同文中學校長歷四十年其課徒也善引譬口講指畫務使自悟自謂誘掖後進最樂遇弟子有過必面數之能改則止不究其既往嘗曰率教則以兄友之不率教則以父督之前後受其陶成者數千人　先生復推此心以創圖書館玉紫義務教育成績爛然平生所為經說鞭辟入裏於震川望溪為近其於子史輿地數學罔不探索貫徹旁及韻語亦近於天籟於戲　先生非古所謂經師人師者與晚近文教陵夷每下愈況後生小子喜謗前輩　先生當橫逆之來處之泰然也至其立身行已黄雁汀先生所為行狀甚詳茲不著獨著其治學之精與其有功名教者揭之於墓

以式士林而昭來葉

蔣渭水傳

先生名渭水姓蔣氏其先自福建之龍溪渡台而居爲宜蘭人平生扶義俶儻視羣衆事如已事雖遭禁錮不少挫弱冠時考進台北醫學校目擊台灣政府欺陵台人輒謀朋儕求解放業既畢出而售世則傾其所入或稱貸以供同志濟厥事自奉殊菲薄武昌倡義革命風聲响應海内先生始悟中山先生之民族主義至鉅至駭也民國三年何海鳴南京失守先生聞之扼腕爲集貲畀黨人圖再舉代表奔走滬厦而革命首領已出亡不得要領歸移資創讀報社亡何台有余清芳者以武力抗日本失敗日政府虐台人慘無人道先生蹙然曰赤手空拳徒死耳乃設東瀛商會及春風得意樓延攬才俊灌輸民族思想期以和平手段與日政府相周旋其宅心良苦台地農產物最富日人思專其利廣設製糖廠勒台農必植蔗蔗熟則以賤直收之田家作苦終歲不得飽又莫敢抗先生曰是欲以經濟政策死台農邪農弱莫敢抗我當爲之導遂有蔗農之組合伊澤總督曾攫台人土地畀日官吏又倡農民之組合其爲台人謀者率類此輓近新文化如震雷疾霆足以左右國際上之地位臺

人獨故步自封先生竊竊憂之紛集同志創文化協會開文化講座作社會導師每於稠人中登臺發揮臺之政治經濟文化日壓迫於日又曰吾中國人也中國吾祖國也聞者聳動為日警監視者屢議會期成會之役參與者石煥長林呈祿蔡培火蔡惠如等百餘人胥受日政府檢舉先生卒被收坐獄凡四閱月既出仍戮力前事不為撓蓋膽畧有過人者時臺北新青年有傾向馬克斯列寧主義者漸醞釀階級鬥爭以時機尚早乃創臺灣民衆黨為全民運動所屬農工多至四十三團體然自是備受日政府之箝制益以左派之論難而號稱臺紳者復媚外自戕賊先生憤甚亟籌應變竟被腸窒扶斯症以民元二十年八月五日歿年僅四十二瀕歿語同志曰臺灣社會運動已入第三時期無產政治逼見目前願援青年出為努力嗚呼可想見其為人　陳子曰臺隸於日三十七年矣四百萬臺人遭其虐至不可勝數求能以民族主義號召者丘倉海而後誰其嗣之夫悠悠六合皆私其親非其親而獨勞勞為之至危身而不恤其胞與之懷求之並世印度之甘地差可擬焉

哀啓

哀啓者先君年十一王父歿於臺十五又丁王母艱孤露無依與先叔父形影相弔

十六輟學商於榕城甞聽宣講社中人贈以敬信錄閱之有祖先骸骨在外幽明不安之說心竊悲痛奈無力遠尋居二年又商於泉郡越五載積二十金遂於光緒癸未自惠安附船隻身渡台至梧權乘肩輿轉鹿港大雨如注舍輿徒涉越溪澗三十餘道始達嘉義又二日至安平感寒抱恙信宿乃行抵鳳山禱之城隍得筊示兆訪武祿洞山瘗旅地有碑題曰鷺門陳卓英公墓邑姓雖是而名字不符疑而未決仍禱之城隍甫出廟門值同宗紀祥君見先君神色倉皇問狀以實告延至其家出王父名刺相示始知旅台後易名為字所見固弗訛也伏地叩謝翌晨奔墓所且泣且掘裹骨歸安平而前約往返船遇颶風去他舟以俗忌不應焦急無計乃謀由滬尾返里有官船萬年青泊平安港距岸數十里波浪險惡舟子以筏繫木桶而渡客繩絕桶覆遂溺焉遇救攀登然不敢啓篋易濕衣恐露骸見擯也抵滬尾囊僅千餘錢適輪船競爭貶價始得購劵登船既入厦港患關吏稽查雇小舟登靜僻處時資用已罄難付舟價中途質衣以償既抵先叔父寓所一門悲喜交集乃權厝於半山塘再卜葬於南普陀之鼓山先君因讀善書得歸父骨遂蓄志宣講又得泉城鄉先生指授舉凡先賢格言善書均能通曉隨惠北生監講於濱海百餘鄉者凡四年忽接

先叔父殖於蘇祿之耗惸單門將絕先祀乃經商南洋籍謀家室一歲病腫歸翌年先妣楊太安人來嬪先妣工女紅習勞苦殫十指以佐饔飧先君無内顧憂越年遂與同人創多吉社措資往鄉社市鎮闡講善書兼設惜字局傭工拾字自清光緒己丑迄民國辛未四十三年如一日雖祁寒烈暑弗輟先後蒙學憲馮公光遹王公錫蕃道憲周公蓮府憲鄭公秉成廳憲方公祖蔭獎給揚仁善俗梓里儀型化行俗美嘉惠桑梓善機洋溢各牓額周公兩綰道篆延講堂署督胥役坐地靜聽處乏經費撥資生息周公旋擢臬司藩司時頒札贈書先是先君以國子監生署奎文閣典籍官至是周公以先君講善著有勞績詳請閩督魏公光燾奏獎以直隸州州同用先君聞命益滋惕勵顧謂不孝等曰名實不稱適叢咎戾自是增益講期雖窮鄉僻壤必赴歷民國講書彌篤講期視前尤增恆夜以繼日而省道縣署時頒示致書請廣為傳宣不孝等慮其精力漸衰以節勞為請滋不悅曰世風日漓誰復為此吾年雖老敢自逸乎恨心力有限不克日一回回數處耳不孝等由是不忍再言閒代布几案辭曰汝曹以我不耐勞乎數十年來我固樂此不疲也丁巳秋周公重過廈特趨講場諦聽來書獎飾有加於前越兩年公歿如皐赴至先君為之墜淚輓詞有感恩

知己之語先妣蚤世先君念不孝琛璋孩幼失恃誰與提攜者乃謀續絃逮先繼慈謝太安人來歸育不孝琨及先弟琣妹雪岑子姓日繁又慮撫育不周顧復備至常謂不孝琛曰予念爾母不能一日忘也汝宜勉學以副先志時科舉已廢乃命不孝等先後入學校惟不孝璋習商以佐家計雖薪米告乏而修脯無缺不孝琛因得畢業於福建優級師範歷充思明教育會評議思明中學教習思明教育經費管理處委員同文中學校務委員勵志女中校長上海泉漳中學校長不孝璋任廈門總商會監察錢業公會執委不孝琨畢業上海中華職業學校歷任廈門大學法科秘書新嘉坡工商學校工業主任安南福建學校教務長菲律濱聖公會中學部教員先弟及妹均任女校教習皆先君積善耐勞之賜也比年家用稍給不孝等均已授室孫男女十四人屢請息仔肩先君以食指浩繁未之許其任育嬰恤無告義倉三堂事幾三十年歲暮堂中依例給米不徇情不吝予公欵不足或稱貸以益之月薪初僅數金或慮其不給則曰慈善事業得酬勞可矣敢計多少哉嗣育嬰義倉廢併入三堂曰同先善君司帳務月俸倍之轉悵然曰欲再事字嬰兒賑窮困詎可得耶吾宗自清雍正間由泉遷廈至先君凡五世先人皆蚤世先君懼系統未詳為之修譜

王母母族蘇氏先妣母族楊氏蔡氏均無後先君為之祔主宗祠經紀塋地又命不孝璋出後先叔父吳醉經先生者宿松名下士也客依先君歿為之殮歲祭其墓墓礙馬路又為改葬厦有人道堂鳩資修水雞腿山義冢冢瀕海隄壞水決瀕於漂沒僉舉先君經紀其事先君慮工人簡率不趁潮退時拾埋則漂沒益多時當盛暑立烈日中督率汗流浹背面為黧黑不以為苦閱十月而蕆事其親親篤舊惠及枯骨胥不孝等所習見習聞者也至其尊賢慈幼寬厚謙冲與先君有故者類能道之先君少罕疾痛五十九歲遭劇病愈而仍健不孝等方於為喜詎意前冬喪先四弟今春喪先繼慈憂慼成疾食漸嘔吐立秋後尤甚小雪後穀食幾廢醫診斷為膈證不孝等以先君精神雖佳而肌肉消瘦焦急殊甚九十兩月屢服鎮逆開膈及固胃潤腸劑均未見瘥時東省事起滬上大中學生晉京請願不考琛主泉漳校務留滬未能即歸先君知之疊諭以微恙無妨校事為重誡家人毋以病狀告十一月中澣不孝琛微聞近狀惶恐莫名急郵請加意調治所延中西醫大抵主滋胃降逆間進蓡湯蛋白牛液汁畧有起色二十五日猶勉與宗祠冬祭事旋聞宣講員黃貽謀丈逝世泫然曰社友凋零殆盡天不慭遺此老社事其廢乎往哭之慟自是體氣益衰十

二月七日進馬寶珍珠硃砂以啓膈薄午猶能扶乩理同善堂事既而便閉服瀉劑瀉頻氣陷遂卧床不起醫者進黄土攪水和虎乳時神識尚清悉家人電滬告病狀慍曰奈何苦遠人十二日脈遲寸不至元氣大減呼家人諭之曰我年七十一兒孫滿眼撒手無憾矣爲我移至廳事以待絶息毋徒哀感也不孝等意殊未忍十四午服鹿肚石夜進竈心塗煉湯十五早醫謂夾濕痰進清華桂以祛之外用炒米煑熟和酒麴研匀貼心窩移時語言蹇澀申刻忽自起伸左足履地瞠目噴氣不孝璋急手撫其面冢婦在旁扶而泣曰天乎願假以時日俾父子得相見蓋是時不孝琛已整裝待發矣入夜服人乳牛乳潤養十六侵曉取雄雞液熱氣沖喉開膈均無效延至戌刻棄不孝等而長逝矣哀哉先君彌留猶以宣講爲念無一語及私不孝等侍奉無狀罪無可逭不孝琛病間不能奉藥易簀兩夕始及親視含殮負咎尤深痛寧有極哀念母氏已逝惟先君是瞻是依今乃長爲無父無母之鮮民矣搶地呼天百身莫贖祗以窀穸未安勉襄大事苫塊餘生語無倫次伏惟矜鑒

琴心劍膽樓詩序

古微書引詩含神霧云詩者持也持其性情使不暴去也故風雅之士多寄情於詩

雖然詩貴緣情矣而可以成詩者尤貴戛戛獨造苟囿於派別落於窠臼斯昔人所謂學我者病似我者死也陳生覺夫曩在同文中學時從予學問為詩多性靈語卒業后設教菲島為詩益多去冬予由海上歸生囑序所著琴心劍膽樓詩適予以私憂未暇頃之生從海外郵書促予惟生之詩緣情而作雖未能鎔鑄偉詞戛戛獨造然不囿於派別落於窠臼充其所學必能炳炳琅琅發越光輝以見於詩而不能自已焉彼夫優孟衣冠形似而非真者又烏知生之詩之持者哉壬申小除夕陳桂琛序於鷺門北溪別墅

謝月波先生傳

先生姓謝氏名春霖字月波又字芷菴別號頤西居士南安人也先世居十四都派衍金紫曾祖鄉飲耆賓仁園公始遷居郡城從兄如竹先生以邑庠生教授鄉里孝廉陳仲瑾謝蓮銘諸生黃莪生均出其門先生幼聰敏志學時即能秉筆記事旋丁父邦印公憂乃輟學學商於廈門冀博微利供母氏甘旨雖處闤闠中為人司出納猶孜孜於為善光緒己丑歲先君子敘多吉社措資往各市鎮闡講善書與其事者十二人先生其一也時有司提倡社事甚力督學使者馮編修光遹王學士錫蕃洎

道府以下長官各獎以額周兵備蓮嘗延講署中率所屬圜聽為厦門向來所未有自此人心向善者多風俗遂為之一變先生雖迫於生計兩渡重洋然自甲午迄己酉十六年間襄社事殊勤先君子嘗稱道弗置甫冠母氏歿痛不逮養其親潛研醫術大進誓願濟人嗣與名醫王琴庭首倡厦門醫學會為人治病輒效既而舍去曰醫愈千人而失一人其咎誰歸晚歲皈依印光上人長齋繡佛尤喜放生其他善舉難更僕數論者謂先生豈弟慈祥人也年六十有五卒於嘉禾里第卒之日能豫知昬刻異哉

陳桂琛曰昔顧亭林以不當作史之職無為人立傳者然史之傳無幾運當澆季一二庸行之謹有資文士之作此諸家私傳所以不絕書也顧余不文亦何敢傳先生憶齠齔時先生數過余家余得畧審其言行先君子又婁婁道之胤子雲聲向從余學近且同任同文講席因請傳於余乃叙其世系著其善行焉

陳覺夫書畫例

陳生覺夫喜為詩兼擅書畫詩學隨園著有琴心劍胆樓集六卷余介諸石遺老人選入石遺室詩話又製序稱之書肆四體篆臨石鼓隸兼曹全禮器二碑草學懷素

楷書則出入顏柳之間用左手作擘窠書氣勢尤雄厚畫山水胎息倪高士沈白石二家花卉初學老蓮雙鈎後學南田沒骨融化町畦獨標意境且曾經滄海探山水之奇凡接於目取於心類能注於手宜為藝林所推許也同人慫恿廣結翰緣爰代訂粥直如后並句曼廬居士為之書耑

祭抗日陣亡將士暨死難同胞文

維中華民國廿八年七月七日宿務華僑抗敵後援會暨各社團各學校代表謹以香花鮮果致祭於抗日陣亡將士暨死難同胞之靈曰天禍中國兮東夷憑陵蘆溝起釁兮澎湃雷霆神明華胄兮抗敵同聲忠心貫日兮義憤填膺兵戈所指兮草木為腥礮彈所暨兮山嶽為崩戰區萬里兮陷敵泥濘動員百師兮為國干城同仇敵愾兮兒女與并黨派合作兮國共同情敵之兇暴兮軼彼鯢鯨敵之面目兮肆其猙獰毒氣播兮兵燹所經肝胆迸裂兮血肉飛橫吁嗟將士兮為國犧牲吁嗟民眾兮遭難同傾前仆後繼兮與敵抗衡城火池魚兮災害頻仍俞龍戚虎兮慷慨請纓抗戰愈烈兮民氣愈騰為人格死兮為民族爭一例英雄兮有名無名居諸雙七兮歲籥兩更國府明令兮奠君之靈海外僑胞兮一致遵行樹碑紀念兮義山之垧敬献

花圈兮薦果同登心香一瓣兮妙契三乘人生有死兮山重毛輕成仁取義兮雖死猶生誓掃胡塵兮後死肩承還我河山兮慰君冥冥靈旗風馬兮克鑒精誠尚饗

菲島雜詩敘

蘇生警予向與雲聲合刋甲子雜詩已選入石遺詩話予曾為之序其詩雖高亢而情則閒逸五十頃變警予違難至菲任抗敵會記室兩年公餘不廢吟咏又有菲島雜詩之刋謂予能道其心思郵書請序予時任教霧島與警予相隔帶水輒於報上讀其詩則激揚悽楚其雄邁之氣可以廣秦風之無衣其憂悄之思可以補王風之黍離間或記炎洲殊俗為季札之觀風時或念朋輩睽遺銘子山之思舊雖在瑣尾流離要能自攄鬱積蓋其遭際之不同亦環境使然也沈濤園有言國雖板蕩不可無史人雖流離不可無詩警予此詩謂為史詩可也嗟乎長鯨跋浪幾變滄桑玄鳥無家競棲林木緬懷故國愴焉欲涕序此滋予痛矣中華民國二十九年五月陳桂琛書於宿務華僑中學

跋

民國四十八年歲次己亥為陳丹初先生七十晋一冥壽亦即先生殉難之第十五週年也夏五月先生長女樹蘭自南島抱先生遺著來岷見訪曰願為整理付印以永先人余敬諾受而讀之其曰近代絕句選評初續集者二卷已刋行其曰鴻爪集一卷亦已編定完畢其他有漱石山房詩稿六卷文稿一卷漫鈔四卷手畢一卷風雨樓倡和詩一卷聯語一卷渡海尋骸圖題詠一卷皆有待編整遺著盈篋先生可謂淵而博勤而肆矣顧欲全部付梓力猶未逮乃擬先於詩文二種摘錄付印計詩分編三集其在國內所作者曰北谿集北谿者先生所居別墅也旅務期間所作者曰抗戰集蓋史詩也移研古島以後所作者曰投荒集時適菲國淪陷避地山中亦先生之絕筆也合鴻爪集共為四集文自為一集訂為一大册防散佚也凡所摘錄詩文皆先生平日得意之作而膾炙人口者雖非全豹然而精華所聚亦足以傳先生矣先生少有大志鬱鬱不見用於世潔身自好乃致力於教育三十年中桃李遍國內外苟非死於暴敵之兵火其所成就奚止此哉悲夫先生有丈夫子二曰樹人居台曰樹棠居港皆少年奮發有為能繼起先生可謂不死矣是書之印費用多得

親友學生之助尤足見先生遺愛存乎人間也秋七月受業陳治平覺夫敬跋

驚心刦火沸橫流烈士身亡十五秋遺澤縹緗鴻爪在大名宇宙豹皮留衣冠何處營新塚風雨他時訪故樓幸草千行剛付梓師恩萬一可曾酬

感賦一律附書紙尾覺夫又識

中華民國四十八年十月出版

陳丹初先生遺稿全一册（非賣品）

著作者　陳桂琛

印行者
陳明玉　蘇維通
蔡天守　王新秀
尤善祖　高仁傑
劉鐵卷　莊材美
菲苧業有限公司　蘇　子
黃一方　林策勳
黃朝貴　楊世炳
陳德坤　洪天生
吳義成　王素琴
吳如霖　蘇警予
陳清漢　陳覺夫

印刷者　新美洲印務

勘誤表

(一) 傳略——勝字應删掉。潭上脫一泉字。

(二) 柯序——炙誤為灸。

(三) 雷序——始誤為殆。

(四) 鴻爪集——第二五版第四行令令與第十一行令令均應改為泠泠。

(五) 北谿集——第五版犬誤為大。第七版竹上脫一裛字。

(六) 文集——第十七版善先誤為先善。第十八版孝誤為考。

陳丹初先生成仁廿五週年紀念刊

陳丹初先生成仁廿五週年紀念刊

張羣題

目錄

封面：陳丹初先生成仁廿五週年紀念刊（張岳軍先生題）

一、陳丹初先生遺像……五

二、陳丹初先生傳略……本刊出版委員會……七

三、圖片

（一）百雅淵廿九位殉難義士紀念碑……九

（漁家璈）……陳幼牧……十

（二）陳丹初先生生前與家人合影……十一

（三）陳丹初先生創辦之勵志學校……十二

四、題辭

（一）首長頌詞……十三

（二）文

1. 悼丹初先生……陳烈甫……二一

2. 讀丹初先生詩文感言……彭震球……二二

3. 悲傷的回憶—丹師殉難前後……王美璋……二四
4. 先父殉難追記……陳樹蘭……二九
5. 先伯忌日感言……陳　杰……三〇
(三) 詩……鄭超然等……三二
五、陳丹初先生遺稿
(一) 詩詞
1. 雜詠……三五
2. 抗戰……四四
3. 感賦……五三
(二) 隨筆……六三
(三) 小簡……七三
六、陳丹初先生遺墨……八三
七、附卷
(一) 陳右銘先生渡海尋骸圖題詠……八七
(二) 喬影望賒錄……一一一
八、寫在刊後……陳孟復……一一九

丹初先生遺象

鈌菴題

五

陳丹初先生傳略

本刊出版委員會

先生姓陳，名桂琛，字丹初，號潄石，別署靖山小隱，福建廈門人。父右銘公，議敍州同。孝慈譽里，樂善好施。組多吉社，到處宣講善書，設惜字局，僱工檢拾字紙。施茶、施粥，加惠勞工貧民，四十三年如一日。先生幼承庭訓，刻若自勵，民國紀元，以最優等成績畢業官立福建優級師範。歷任福建省立思明中學、廈門師範甲種工業、廈門同文書院等校教席、主任、校務委員，上海泉漳中學校長，教育會評議等職。並手創廈門勵志學校，興學育才，垂四十年。

辛亥福州光復，與黃貽果先生謁請孫都督呈准民政部，籌辦全省保安公會，至費臂劃。其任對日市民大會，地方治安維持會，太平洋會議國民後援會，教育經費管理處，職委員，尤耐勞劬。

民國廿六年夏，旅菲講學，值我國對日抗戰，為喚起僑胞敵愾同仇，屢於報端揭發敵人侵略暴行，愛國熱情，溢於言表。菲島淪陷，義不帝秦，率偕僑校同仁進入蘭佬・畢雅淵山區（Mt. PILAYAN），組織僑民，抗拒暴敵。乃遭倭酋嫉忌，遣兵圍剿，被執不屈，於民國卅三年六月七日凌晨遇害，年五十有六。同時殉難者凡廿九人，節如文山，義比田横。戰後，僑界感　先生等正氣磅礴，乃就地豎碑紀念，以垂不朽。

先生孝友重義，性澹泊，不干進。自謂讀書、交友、看山水為平生三好。治學勤謹，除精研數學外，尤致力文史。工詩詞，擅書法。著有近代七言絶句選評初、續集、鴻爪集、漱石山房吟草、漱石山房隨筆、感時紀事詩集、文集等卷。石遺室詩話曾採其古近體詩。平生廣結文字緣，與海内詞壇前輩過從尤密。公餘以臨池賦詩為樂，不以生事之苦，拂其心也。

今歲為 先生成仁廿五週年，緬懷先生畢生盡瘁教育，功在邦國，而臨難不苟精神，足示矜式。爰梓本刊，用旌潛德，藉誌永思。

圖片

古島百雅淵華僑廿九義士碑銘

一九四一年十二月八日，日寇發動太平洋侵略戰爭，越年，菲律賓群島相繼淪陷，歷時三年多，華僑慘受壓迫摧殘，痛苦不堪言狀。意志薄弱者，多屈膝事敵，以保身家，甚焉者則為敵鷹犬，偵捕抗日份子及不屈之士。

古島華僑陳丹初先生等五十餘人，因不願與敵合作，相率入百雅淵，以示反抗，自耕自給，備極辛苦。間曾援助抗日遊擊區，與遊擊隊合作，遂為漢奸日寇所啣。於一九四四年六月七日，派大隊日兵圍捕，丹初先生等廿九人被擄，不屈受戮。忠心耿耿，正氣磅礴，殊足以表揚我民族精神，而為華僑後輩之楷模。爰立碑泐石，永垂紀念！

漁家傲

古島百雅淵陳丹初先生等二十九義士

百雅淵山何處是。首陽廿九忠賢士。立誓窮耕空谷裡。愁恨地。三更刁斗書生起。

慷慨悲歌誰怕死。英雄就義睢陽齒。墓草斜陽無限意。當年事。至今猶有傷心淚。

陳幼牧

陳丹初先生（後排右起第三人）與家人合影

11

陳丹初先生手創之勵志學校

題辭

丹初先生成仁廿五週年紀念

義行足式

蔣中正

陳丹初烈士成仁卅五周年纪念

浩然正氣

嚴家淦

丹初先生成仁廿五週年紀念

碧血常新

孫科

陳丹初先生成仁二十五周年紀念

浩氣長存

謝冠生

丹初先生成仁廿五週年

精神不死

李嗣璁

丹初烈士

正氣所鍾

黄國書題

陳丹初先生成仁廿五週年紀念刊

碧血丹心

高信敬題

陳丹初先生成仁二十五週年紀念刊

忠義永昭

魏道明敬題

丹初先生成仁廿五週年紀念

弘揚正義

鼓吹中興

鍾皎光敬題

陳丹初先生成仁廿五週年紀念刊

丹心千古

何憲章敬題

陳丹初先生菲島成仁
廿五周年紀念

繼美文山

張其昀

丹初先生千古

精忠報國

林語堂

丹初先生成仁廿五週年紀念

正氣浩然

孫元曾敬題

陳丹初先生成仁廿五周年紀念刊

讀聖賢書　行聖賢事
取義成仁　允稱義士

潘葵邨敬題

琦才瑰行，竹勁松貞。育才爲國，桃李盈門。厄遭陽九，義不帝秦。浩然正氣，炳若日星。

丹初先生成仁五十週年紀念

馬壽華敬誄

讀書致體，所貴以取義成仁。百代欽埋骨，豈須乘桴地斯文。留得古音來範。

丹初烈士遺文

梁寒操

陳丹初先生成仁五十週年紀念

鷺門數相見，艸艸卅年間。器抱何宏達，詞章不等閒。傳經同舜水，殉節愧文山。悵望天涯外，猶期化鶴還。

黃天爵

丹初先生成仁廿五周年紀念

敵愾同仇臨難不苟
著作猶存精誠弗朽

張維翰

丹初先生千古

丹心永存輝煌垂範
萬千代
初衷未負慷慨成仁
廿五年

易君左敬題

悼 丹初先生

陳烈甫

丹初先生，聰慧勤奮，廣讀羣書，文史造詣甚深，於鄉邦教育多所貢獻，為閩南一名士也。余素未謀面，但於民國四十至四十四年在古達描島主持中華中學校政時，屢由當地僑胞，得聞丹初先生去國南渡，應聘在古島講學，春風和熙，菁莪茂盛。及其於淪陷期間，避居山林，不幸為日軍所捕，慘遭殺害之事。此在丹初先生及其家屬，固為無可挽回之災難，且亦為僑教之重大損失也。丹初先生遇害時，猶在盛年，如於戰時能倖逃魔掌，則光復後當可續執教鞭，致力於宣揚中華文化於南服者一二十年，承其恩沐者當以百計。在良師缺乏之戰後僑教，其損失為何如也。

當日寇瘋狂南侵，其勢力如排山倒海，乃有人焉不甘作奸丑，不甘作順民，寧願遁跡山林，與草木為鄰，與蟲鳥為侶，在顛沛困苦中過日，以待黑夜之過去，黎明之來臨，斯誠民族大義所然也。而能於艱險苦楚之中，表揚此民族大義者，多為讀書過人，淡漠功利之書生。所謂讀聖賢書，所為何事；丹初先生其一也。翻讀一部中國史，能於風淒雨厲之時，表現路遙知馬力，疾風見勁草者，非多為廣讀羣書，如丹初先生者耶。嘗見國運偃蹇之時，靦顏事仇，俯首鞠躬者，乃不久立卽順風轉舵，夤緣際會，竟能扶搖直上，而出人頭地，而飛黃騰達，此則於紀念丹初先生逝世廿五週年，不能無所感慨也。

讀 丹初先生詩文感言

彭震球

民五十年秋，余旅居馬尼拉，昔日僑民函授學校員生，聞余抵埠，時來訪候，其中過從較密者，厥為陳樹聲君。陳君篤實勤樸，寡言笑，耐勞怨。某夕，彼持陳丹初先生遺稿一冊相贈，對余泫然曰：此乃先伯父丹初先生詩文遺稿也。先伯父在世，志行高潔，治學精勤，工詩詞，擅書法，與文壇前輩交遊頗廣，致力教育事業垂四十年，桃李遍國內外，為時人所推重。抗戰軍興，先伯父來菲古島中華中學執教，痛暴敵憑凌，河山破碎，時發為愛國詩詞，刊載報端，以喚起僑胞之敵愾同仇。迨菲島淪陷，先伯父義不帝秦，率領古島僑校同仁，轉進帛雅淵山，意欲組織僑民，共圖報復，卒遭倭酋嫉忌，遣兵圍剿，被執不屈，終遇害，年五十有六。

余有感於先生之志業行誼，愛國忠貞，想其詩文，必寓有深情至意，乃於燈前展讀。其詩分為鴻爪、北谿、抗戰、投荒四輯。前二輯係戰前之作，境界澄澈，音節平和，發聲鐘呂之中，寄興簞瓢之素，饒有淵明、東坡之逸響。後二輯乃我對敵抗戰，及避難投荒之作，睠懷故國，憂心怛怛，蘊劍南慷慨之懷，託心史沉哀之感，讀之至令人悲痛！其題黎薩銅像有句云：志士毋求生，仁人不惜死，茍為民造福，粉身靡有悔。蓋不啻自道其懷抱也。

夫詩，心聲也。其詠一人之際遇得失，微不足多，若夫本乎一己之性情，關乎民族之存亡者，則此詩必與天地通往來，與生民同休戚，此則詩人不容己之作也。丹初先生乃一介書生，其所作之詩，發乎情之不容己者，意蘊旣滿，語自坦誠，故能感人深切也。此豈縷章琢句，吟風弄月之徒所可同語哉？余嘗尋究先生作詩之本旨，見其述「家君渡海尋骸事略」一文，方知其一生志業行誼，一本孝心，移孝作忠，此古今聖賢豪傑之至性也。蓋先生世居厦門，家境素貧，祖文傑公，念故里無可為，於清同治年間，東渡臺灣，經商於鳳山縣。翌年，病逝旅次，葬身荒野，幾無人知。其時先生之父右銘公，年方十一，念親骸委棄異鄉，耿耿不安，顧一錢莫名，無能為力也。乃棄學經商於榕泉州郡，節衣縮食，歷十餘載，積存二十金，始得買棹來臺，遍尋先入骸骨，備歷艱辛險阻，終於武祿洞尋得瘞地，遂破土掘墓，裹骨歸葬故里。丹初先生曾為此事，挽請海內名士碩彥，撰文題詞，篆額補圖，褒榮祖德，藉表孝思，此乃孝子賢孫之用心也。

今歲六月，為先生成仁殉國廿五週年，同人等緬懷先生畢生盡瘁教育，功在邦國，其臨難不苟精神，足為後人矜式，因倡議刊印專册，以旌潛德，永垂景念，並推先生哲嗣樹人君編理遺稿，樹人君孝思純篤，慕親孺切，砥礪志行，克紹箕裘，均得自其先人遺訓。中庸云：夫孝者，善繼人之志，善述人之事者也。傳曰：知父則知天。余追懷大德，珍愛遺篇，深知先生之精神不朽，陳氏之門楣將必光大也。

悲傷的回憶—丹師殉難前後

王美璋

自從民國廿八年夏，丹師任教宿務華僑中學時我們就同事。翌年我承乏古達描島中華中學校政，丹師也同行，一直到他殉難前一年—民國三十二年，無日不在一室。這四年來他待我有如自己的子侄一樣，無論文事方面，以及家庭中的瑣屑，他都對我談過，無形中賜予我很多的學識和經驗。他那慈祥的儀範，和悅的態度，誠使人有一種親切感和尊敬。

「七七」抗戰以後，丹師對戰事異常關心，每次讀過戰訊，便把報紙剪下來，而以詩紀之。數年來積成近百首，題曰：「抗戰紀事詩」。對戰事發生的時間、地點都有詳細的附註，真是一部抗戰的史詩。記得民國三十年十月某一個晚上，丹師和我討論日冠南侵的問題，他對我說：「假使菲律賓戰事爆發，我們要有應變準備。」我回答說：「大概不會這麼快吧，日冠也不敢冒那麼大的險發動南侵，老師安心吧！」當然這是一句安慰他的話，因為那時候國際風雲緊張，誰都曉得戰事會一觸卽發的。就在那天晚上，我讀着他寫給某同學的一首詩，最後有這兩句：「只愁東海鯨波遠，驀地橫流到此身」，想不到他這兩句詩竟成了詩讖。

不到兩個月，太平洋戰事果然爆發，那就是三十年十二月八日晚日寇偷襲珍珠港。這消息傳播出來以後的第二天早上，我同丹師到校，看見學生來校寥寥無幾，全體市民都在準備撤退，市面上立時呈現一種徬徨恐怖的紛亂狀態，學校無從開課，各僑團就在這緊急的時候聯合組織一個非常時期華僑安全委員會，丹師被選為該會秘書。我們全體同事就決定留待到最後一起撤退。

十二月十一日，日機首次轟炸古達描島機場及軍事地點，我和丹師及諸同事都躺在地上。在那裏等待解除警報的時候，我問丹師說：「老師怕不怕？」不料他正色地對我說：「你不要看我年紀大，辛亥那一年，我正在福州唸書，曾經執槍參加革命……」，說了很多關於他少時參加革命的情形，使我慚愧萬分，無話可答。我想丹師這些話是要鼓勵我的勇氣。但為什麼戰事未發生的時候，他無時無刻不在挂慮呢？是不是荀子所說的：「君子畏患而不避義死？」

自從那天以後，日機時常過境，有時擲下炸彈，可是市區幸尚未被炸過。

十二月二十日全市華僑婦孺已撤退完畢，安委會的任務也告結束。丹師就在廿三日早和校中諸同事撤退宇比（距市三十八公里），我那時還在安委會發給華僑撤退貨物的通行證，一直到翌年一月五日也撤退到宇比。四月廿八日日軍砲擊古達描島，全市焚燬，風聲吃緊。四月廿九日晨避居宇比的華僑盡行遷徙，移離宇比六公里的一個山谷，叫做臺峇耶示。一個月後，我們才又轉進畢雅淵山，和蔡董事長金針，及一小部份同僑相處。

畢雅淵本是個荒蕪的山隈，人跡罕到，可是環山樹木，隨處清流，土壤雖不甚肥沃，但也可以耕種，確是個理想地區。再經大家披荊斬棘，芟薙榛莽，不多時已變成一個絕好的園地。我們駐居是間，宛如置身世外桃源，不受日軍管轄，也無土人的威脅，準備長期計劃，等待抗戰勝利下山。丹師入山後與詩友林少華常有唱酬，他所作的詩，多是激昂慷慨，令人鼓舞。

但記得有一回月夜，丹師約我到林少華自闢的「遇圓」賞月。在談話中丹師突然慨嘆地說：「我們困此山中，不知何時能得解脫？我最挂慮的三件事，現在都未進行：一、先君渡海尋骸記還未付梓；二、我四十年的心血結晶—詩、文、筆記等，現正在着手分集整理，準備回國後付印。三、樹人（丹師的令長子）最近……」。丹師說到這裡，少華拿出一盤橘子，要請我們嘗試。少華知道丹師心情不佳，特意說些豁達的話安慰丹師。我也不敢再問他那第三件事，所以到現在還不知道他到底要說什麼。第二天丹師就寫成「月夜同美璋遇圖露坐簡主人」五古二十韻。（遺墨製版附後）

自從那夜以後，丹師很少說話，日日埋頭整理詩稿。是時外間時常傳來消息說：「敵軍不日將入山圍剿。」最初大家有點戒心，準備敵軍一到，即放棄一切，進入叢林，矢志不見敵人。也就這樣大家抱定了決心，繼續居住下去。後來類似這樣的消息一直傳來，可是沒有一次是事實，所以大家就更覺得無事，毫不在意，認為那些謠言是戰時常有的事。

過了幾個月——卅二年五月，我因內人臨盆期近，山居深感不便，所以不得不下山移居到拉里澗（距畢雅淵四十九公里）來，丹師也勸我遷居，他的見解是：「一年來日軍佔領古達描島，對華僑始終施行一種懷柔政策，橫竪我們遲早總要下山，我個人因為和諸同事共同生活，不便自己行動。」丹師的意思，就是要和諸同事「有始有終」，這也就是表現他高尚的人格。

我到了拉里澗以後，觀察外間的情形還好，就連疊寫了幾封信勸丹師出來，無如所得到的回信都是：「……且俟時日再作打算……」「……時機至即行……」。最後因外間風聲越來越緊，說：「敵軍已將畢雅淵劃入「匪區」

，不久即將往剿。」於是我再託人帶信力勸丹師下山出來。我信中說：「……行矣老師，幸勿猶豫而失時機……」。信發出後，自知信中的措詞，有失尊敬，但那時內心的焦急，確實不知如何說法。自從那封信去後，一天盼望過一天，毫無消息，宛如「石沉大海」，這或許是外間的謠言太甚，山中沒有人敢出來。過後不久，由拉里澗到宇比，由宇比到畢雅淵那條路已絕人來往，原因是敵軍懷疑外間在接濟山中的糧食，偵騎四出，逮捕過往行人。

自是以後，山中和外間訊息斷絕，一直到三十三年六月七日畢雅淵慘案消息傳來，才知道丹師暨諸同事，劉鳳毛、陳汝珍、黃蔚宗、陳淑謙以及同僑計廿九人被寇軍所執，不屈被害，且付之一炬。敵人的兇惡殘暴，實在是曠世罕聞。

自從這噩耗傳來以後，我的心幾乎破碎，回憶四年來丹師和我同事，形影不離，誰料山中一別，竟成永訣。丹師果真殉難嗎？還是尚在深山隱居？我有時感到悽愴之時，還會懷疑地這樣發問。丹師的儀容德範，永遠留在我的腦際，我相信丹師尚在人間，他的精神，永遠不死。

丹師四十年勤苦經營，致力教育，其聲譽已遠播海內外，惜乎慘遭橫禍，不讓他親眼看到祖國「最後勝利」，不讓他生前完成他的願望，這是他一生的遺憾。

丹師成仁二十五週年了，回憶前情，彷彿如昨；而今赤禍神州，河山變色，我們烽火餘生，不知將何以慰死者在天之靈？傷矣！

先父殉難追記

陳樹蘭

民國廿六年夏，　先父應邀蒞菲宿務講學，抵埠甫月，「七七」事變發生。越（廿七）年五月，故鄉廈門陷敵，僑界友好遂勸　先父留菲。蘭於此時前來省視，面稟吾廈壯士奮戰保鄉事蹟，與親友離散情狀。　先父垂詢至詳，備極關懷。自是對抗戰宣傳工作，益見積極，曾著抗戰紀事詩集，在菲各地報章連載，喚起僑胞同仇敵愾，收效至大；並自編講義，灌輸學子戰時常識，鼓舞愛國情緒。凡此種種，乃　先父不忘匹夫有責之訓也。

民國卅年十二月，太平洋戰啓，翌年菲島淪陷，時　先父已移研古島，痛日寇憑陵，誓不兩立，遂偕當地僑民組團轉進距城約七十公里之蘭佬•畢雅淵山，建立基地，從事墾耕自給，並繼續抗日宣傳工作，不易操守。時而支援山區中、菲遊擊隊，為日寇所忌。民國卅三年六月六日，日軍大隊分水陸二路進襲，守望失察，為敵侵入，先父不幸被執，矢志不屈。敵禁於鷄棲室，翌（七）晨遇害，年五十六，同時就義者凡廿九人。噩耗傳出，僑界震悼。咸以　先父等壯烈成仁事蹟，實為我旅菲華僑楷模。卅六年四月，重妥遺骸，並就地豎碑紀念，以垂不朽。

先父過難時，蘭居禮智，聞耗心怛，惟處戰時，無能為也。卅六年夏，蘭始得乘機前往古島，領取遺箱一件，檢視之，唯　先父四十年遺著詩文稿也。（先父遺稿主要部份，經於民國四十八年十月在菲出版）。復親謁紀念碑，佇立靈前，不盡哀思。同念　先父一生，仁義為懷，澹泊明志，興學育才，為國盡瘁，未嘗有一己私念。遽遭寇禍，豈天道有訛乎？痛哉！

異域招魂，腸斷流連。呼天擗踴，蠻草淒然。音容何適，渺隔黃泉。四顧徬徨，搥膺如顛。天長地久，抱恨綿綿。

先伯忌日感言

陳　杰

日本軍閥，窮兵黷武，製造蘆溝橋事變之後，於民國三十年（一九四一年），又瘋狂發動太平洋戰爭，一手破壞和平，使亞洲廣大地區人民，蒙受慘重空前浩刧，人命、財產之巨大損失，簡直無法估計。

當年日軍在中國國土上，及其盤踞下之南洋羣島，任意蹂躪、肆虐、屠殺，無惡不作，倒行逆施，種種罪行，莫不予人留下沉痛回憶。菲律賓淪陷，在日本佔領軍統治期間，暗無天日，到處充滿恐怖，居民之遭毒手者，數不勝數，其中有被斬首、分屍、槍殺、活埋，更有被刖刑、刵刑、劓刑、挖眼、斷舌、倭寇之兇惡、殘忍、毫無人性，大非語言文字可描述。

民國三十一年（一九四二年）四月十七日，竟違反國際公法，槍殺我國外交官駐菲總領事楊光泩博士，暨莫介恩、朱少屏領事，及全體館員。尚有華僑抗敵後援會抵制小組委員九人，包括名報人于以同、馬尼拉中西學校校長顏文初，同時殉難。

日軍失敗前，於民國三十三年（一九四四年）六月六日，遣兵古達描島畢雅淵山將矢志不屈之我僑文教界人士及知識分子廿九人圍捕，翌日破曉，逐一刺殺燔軀。吾從父以讀書人重名節，臨難不苟，於是役壯烈成仁。血濺荒野，草木含悲！每一念及先人不幸遭遇，輒不禁潸然下淚！

歲月流轉，自戰事結束，日本敗降，時間一晃已二十餘載矣。東條英機（日戰時首相），松井石根（日本侵華軍司令），山下奉文（馬來亞之虎，曾任非島派遣軍司令官），太田（日本駐菲憲兵司令），及其他戰犯，雖已先後處執絞刑，罪有應得。又何足以慰諸先烈在天之靈。今日為先伯廿五週年忌辰，臨風憑弔，感喟萬端，謹泐數行，以誌哀思！

（民國五十八年六月七日時客菲京。）

敬悼　丹初先生成仁廿五週年

鄭超然

歲歲今朝有淚痕，騎鯨何處泣招魂，仁成海外千流仰，星殞人間八表昏。
李杜詩篇誰可匹，鍾王書法世同尊，儘教一水長嗚咽，浩氣如公萬古存。

弔　丹初故詩人

楊人昌

廿五年前罹浩刼，常山罵賊姓名香，不辭勞瘁宣文化，甘願犧牲為國殤。
絳帳青氊餘血淚，春霜秋露總淒涼，騷魂畢竟歸何處，曾否鷺門返故鄉。

丹師廿五年祭

王美璋

一瞬滄桑念五年，撫時憶舊兩堪憐，經營亂世文章賤，韜晦荒山志操堅。
烽火而今燃故國，餘生何以慰重泉，自從柴市捐軀後，展誦遺篇淚潸然。

哭　陳師丹初

黃朝貴

道義昭今範，文章結古歡。星沉雲霧慘，漏盡風雨寒。
墜淚山河黯，招魂草木酸。門墻空帳立，泉路已漫漫。

陳丹初先生成仁廿五週年紀念

吳如霖

封豕長蛇動地來，閭閻着處盡成灰，深山避寇終難免，大海無舟脫不開。
取義成仁悲壯志，等身遺著仰宏才，倭夷暴行滔天恨，二十九人同日埋。

陳丹初先生成仁廿五週年感詠

黃百凱

淒絕斯文委草邱，記從霧島識荊州，卓然椽筆稱師表，臥寐猶聞斥寇讎。

其二

浩氣長留嶺海悲，桐陰續稿屬阿誰。與公同難林昆後，遺有當年抗敵詩。

註：與公同時殉難者，有林君昆後字少華，為余續桐陰吟社舊侶，著有抗敵詩百首。

陳桂琛老師成仁廿五週年紀念

高椿壽

文士氣節，肝膽照人。桃李遍佈，痛失導師。

陳丹初先生遺稿

賈景德題

詩詞

雜詠

厦門陳桂琛丹初

中山陵

在鍾山西與孝陵接踵其全部範界成一鐘形由陵門上廣原凡四百餘級始登平臺臺寬約百呎長約四百呎臺之中卽祭堂堂頂穹窿上以磁砌飾青天白日地面則舖紅色煉磚蓋滿地紅之徵象也堂內建總理石像堂之四壁以意大利石製成墓門鐫天地正氣四字前立墓碑門作雙重自祭堂入門升級而達機關門入墓室室圓形穹窿頂亦以磁砌飾青天白日中安置石槨繞有石欄祭者可在此瞻仰墓之外部僅露圓頂依山而立堂之屋頂舖綠磁瓦飛簷搏風氣象雄壯十八年六月一日國府奉安總理靈櫬於此

共和創造繼華林銀海魚膏詎所歆滿坎無封傳盛德神堯願葬翠山陰

方正學墓

在雨花臺上有亭曰方亭係紀念先生之建築物

南史書逃一字難（陳退菴句）見危授命寸心丹拚將十族殉君國毅魄千秋骨不寒

莫愁湖

在水西門外相傳南齊時盧女莫愁居此外此尚有二石城人見舊唐書音樂志一洛陽人見梁武帝歌宋周邦彥詞西河一闋專詠金陵有莫愁艇子曾繫之語是誤以石頭城爲石城今詠莫愁湖者或用盧家少婦語則又誤以洛陽之莫愁爲石城之莫愁矣

湖雨湖煙認故鄉莫愁兩字姓名香憐渠詞客爭題詠半誤襄陽半洛陽

燕子磯

在觀音山磯石突出江上三面懸壁形如飛燕登磯俯瞰洪濤駭浪膽寒股慄嘗有失戀者自沈於此村人因榜想一想三字以警之

玄鳥含泥力已微何時化石作江磯磯頭別有癡男女願化青衣燕子飛

岳王墓

在棲霞嶺之陽俗稱岳墳子雲祔明嘉靖間巡按御史張景鐫盡忠報國四大字階下有柏號精忠柏極蒼勁正德間指揮李隆範銅爲秦檜王氏万俟卨反接跪露臺下萬歷間

增張俊像清重修五次民國十二年盧永祥復捐貲修葺重興土木廟貌一新

趙家累代無坯土霞嶺千秋有墓墳看到後金王氣盡松楸北指亦欣欣

報恩寺塔

俗稱北寺塔在吳縣城北吳孫權母吳夫人捨宅建名通玄寺在唐爲開元寺錢鏐改建易今名舊有塔十一層再燬再築宋紹興末行者大圓重建僅九層明隆慶中不戒於火僧如金重建推爲一邑浮屠之冠登塔遠眺全城風景歷歷在目

九層塔聳似天梯脚底風烟眼底迷我有慈恩猶未報先妣棄養三十五年矣不堪回首白雲低

寒山寺

在楓橋之西以唐張繼詩著名清李雲陽程德全集貲重建落成於辛亥六月唐鐘已燬讀康南海石刻云爲日人輦去今所存者係明治二十八年由日本送來臨風懷古爲之慨然

題詩莫繼張公後漁火江楓萬古愁我到寒山尋逸響鐘聲已渡海東頭

秋日過大風堂

張善孖出所作十二金釵圖見貽走筆謝之時善孖正五十初度也

畫虎類多皮相者況探虎性入毫端虎癡善孖別署肖虎又傳性一紙風生斗膽寒

清秋來訪大風堂逐逐眈眈耀彩章莫誤金釵作姬妾色身餓虎試思量

雄關四馬昔驅馳東渡西行別有思君壯歲服官關內外比年鬻畫海上扶桑鬢髮未蒼年曰艾南飛一曲介龐眉

海寧觀潮行 有序

己巳八月十八日與馮開讓趙季馥王隆藩王欣慕歐陽璜同往海寧觀潮賦

此

十年夢想錢塘潮詭觀未覩魂先飄偶然乘興到江滸大聲貫耳心搖搖初看一線青銀色再至茫茫障空白濤山浪屋肆奔騰雷擊霆砰驚霹靂翕忽須洞勢轉雄欲傾鯤壑翻蛟宮揚波胥靈竟安在吳儂至今誇神功豈知盈虛互消息只關日月雙吸力大地循環如轉輪漲落未聞差頃刻江流東瀉潮西奔南龕北赭爭一門況當八月秋水盛波湧濤起疑鯨吞當年射弩等兒戲撼越仇吳孰為祟同居二氣陶鈞中何物波臣敢驕恣江水滔滔去復還人情險巇波翻瀾惟有弄潮好身手乍看滅頂又平安

荔枝詞 有序

歲丁巳且月遊嶺南荔枝灣為賦荔枝詞五絕

嶺南市月滯飄蓬倦眼欣看荔子紅取次飽嘗香色味此行端不讓坡公

火齊成林夾岸香亭亭玉立燦紅妝丹砂顏色丁香核試較當年十八娘

麗質偏教產海隅天公此意不糢糊平章粵蜀誰能定莫遣楊妃笑彼姝

玉潤冰清傲曉霜果中第一又誰當側生細讀三都賦聲價由來上國光

絳綃輕裹水晶丸寫入丹青下筆難擬倣香山圖序例携歸權當粵裝看

烏龍江 江在馬江上游支流風廻水急庚戌多予由福州過此丙子六月又偕雲樵重經忽忽二十七年矣

廿七年來兩度經風廻水急不曾停扣舷欲作驚人語恐有羣龍為起聽

（擬顏延年五君詠五首）

阮步兵

嗣宗青白眼閱盡天下士色不形喜怒口不談臧否王侯蝨處褌禮法風過耳人生雖行樂途窮慟何已

嵇中散

叔夜龍鳳姿與世實傲岸長生慕千年畢命憤一旦遺文高士傳絶調廣陵散出則竹林遊處則柳下鍛

劉參軍

伯倫古達士陶兀超見聞大人頌酒德二豪安足云荷插死便埋六合空浮雲螟蛉與蜾蠃餘子徒紛紛

阮治平

仲容擅清才犢鼻自標格寄託入四弦放浪浮大白一麾不得意了此青雲客當年知者誰醉心獨郭奕

向常侍

子期論養生遠識而清悟章句鄙小儒文字託真趣讀書老莊耽定交嵇呂慕聞笛過山陽惆悵舊遊處

李繡伊出示蝦蟇石印索句鐫石

何年癩蝦蟇化作一拳石天愛李揆才拜官到仙掖揆曰我何須姑把姓名勒

黃仲則張船山二先生象爲謝雲聲題

何人牽率兩詩伯畫入丹青如舊識謝生囑友摹此幀（雲聲囑林子白重摹則山菘本）更有詩人為補白二公生世雖同時西蜀江山萬里隔黃已沒齒張方冠（船山生乾隆甲申越十九年癸卯仲則歿）閒接因緣結翰墨（兩當軒集中先友爵里名字考不載船山名船山詩僅載和潤曇讀亡友黃仲則聞雁詩一首）各擅中年海內名彼此惺惺遥相惜畫師撮合信解人但寫精神略行跡二公詩筆有淵源希踪太白同奇特（按武進縣志文學傳景仁詩希踪太白船山詩爲蜀中詩人之冠有青蓮再世之目）仙才千年不一覯今竟後先共標格黃詩愁苦如蟲吟張詩馳騁展驥力（見北江詩話）張號老猿善飛騰黃如孤鶴困貧瘠雕搜奔放隨人工壽夭窮通本天擇要其人定可勝天造物無權為揚抑當時騷壇雄萬夫異代當之猶辟易我少低首二公詩老大圖中仰顏色枯腸未足開生面沾匄還思乞餘瀝

題家謙善先生銅像 有序

先生名最字謙善別署樂峰吾廈禾山仙岳人前清進士廈門官立中學副董子顯先生之尊甫門人德聰德坤之令祖也少商於岷輕財尚義有魯連之風三十年間創學校建醫院置義塚舉凡有益於吾僑者靡不力任鉅艱

時菲隸於班政府以先生賢擢任甲必丹清廷亦飾以崇銜表其勞績公元一八九八年菲併於美長公子子顯先生膺首任領事襲父職以清光緒辛丑七月二十一日卒於岷步年五十有八旅菲華僑念其功德之不可沒也乃於清宣統庚戌四月為先生鑄象於崇仁醫院昭示來者予丙午歲肄業中學時卽耳先生之名而欽其行甲子夏為勵志校募建校舍至菲覩其遺象肅然起敬謹賦長句以旌善人

小子久耳先生名今日纔覩先生像先生遺愛方子產更把餘力惠遐壤少精計學菲島遊盛時虛憶鄭和舟陶朱富有雖足羨魯連義聞炤千秋慨然舍富而取義民我同胞物同類急人之急憂人憂三十年間志不墜閩人進取志最豪十洲踪跡快遊翺逸居無教禽獸近生養死恤古訓昭首散黃金築黌宇從此華僑識華字華僑識字千萬人國性保存先生畀（班政府時代華僑方篳路藍縷絕無教育先生任甲必丹首創僑校）先生橫覽苦人多不養不卹我心惻義莊義塚給孤園一朝並舉形忘勞（華僑善擧公所崇仁醫院仙山義塚均由先生倡辦）國力不競外人廷寄人籬下禽投網先生片言為平反救盡千人萬人枉（先生爲甲必丹時對於華案多所平反）生教養卹全者難獨以隻身任其艱誰其生之誰嗣之一慟遺愛淚汍瀾報德已無瀨水金紀功又乏南山竹銅像巍峩表岷江雲天義俠共尸祝先生冠冕尚前朝（象作清朝章服）玉貌慈祥姓氏標中外遊人嘖嘖羨非關榮譽關民胞我昔玉屛（中學係就玉屛書院改建）識郎君耳聞卓行心傾折十年驚校擁臯比又忝文孫來

立雪紀羣兩世交誼隆愧無寸業光吾宗為築泮宮海外來瞻仰英姿拜下風吁嗟塵世紛熱客朝朝愁苦對黃白孰肯布惠浹蠻陬散盡萬金無吝色豈知天道巧安排後起濟濟皆英才立德慶彰萬物上紛紛豪貴委塵埃椰風蕉雨榮枯換萬人遙指崇仁院府君生爾爾當思抽毫我續游俠傳

題黎薩銅像 有序

黎氏菲產為菲島革命中之首領者西班牙之治菲也政治苛虐以天主教為教育學生晨夕須向牧師行吻手禮牧師又恆以改罪漁色菲女黎氏憤然曰人格不可不爭乃奔走呼號鼓吹革命公元一八九八年之香江與美人謀逐班人返菲事洩卒被戮於崙禮沓雖齎志歿地菲併於美然已恢復平等幸福矣菲人感其豐功就其歿處築臺鑄像崇之甲子夏予考察教育至岷撫其遺像紀之以詩

志士毋求生仁人不惜死苟為民造福粉身靡有悔偉哉黎薩氏銅像何巍峩食報由功德功德感人多菲人治於班屈伏四百載（菲島一五七一年屬西班牙）苛政猛於虎牧師毒似虺改罪誘婦女吻手辱丁男不許一丁識只令一經參（班牧師強迫菲人讀經典不許識其他文字）黎氏扼腕哭人格今何在奪我自由神嚇我夜叉鬼圓顱而方趾形體萬衆同勞逸與苦樂感覺萬衆通冤哉千萬民慘慘無天日螳臂能當車奴顏羞婢膝不見華盛頓拒英而獨立西方乞美雨

洗我革命旗一呼全島應羣聚而殲之萬姓脫幽囚英雄竟齎志橫刀仰天笑肝膽留天地抉我頭顱血濺彼自由花拔我菲人幟樹彼班人家可憐班人逐卒召美人併一例寄籬下民權幸平等島民感豐功鑄像表孤忠忠心如鐵石中外共尊崇我來撫遺像英姿何颯爽省識兒時容一一動瞻仰（銅像左右鑄兒時像四）死既留其名澤又在羣生所嗟國未立餘恨猶未平（編者按：作者於一九二四年撰此詩時菲尚未獨立）

麥哲倫墓

麥氏為葡萄牙之航海家得西班牙王之助率艦隊五艘抵巴西循南美洲之東岸而南一船觸礁僅免溺死進得一海峽歷程二十日名之曰麥哲倫海峽一船又辭去麥氏鼓勇前進出大洋渺茫無際自東南而西北三月餘方通過天氣清淑風恬波靜號曰太平洋遂得菲力賓羣島時西元一五二一年也會乏食舟泊宿霧土人率衆來攻卒被殺（同年四月二十七日）又沉燬兩船餘一船名維多利亞自好望角遁歸是為環行地球之始麥氏墓在宿霧雨滂島之馬壇MACTAN（一八六六年西班牙總督建後經美人修葺頗可觀）高約三丈上作塔形外環鐵欄傍護椰樹甲子七月二十四日予為慕建勵志校舍至務偕蔡子欽葉根基吳心存李德楷蘇香村紆道訪之為攝一影并媵長句

昔讀西史耳君名今來斐島展君墓椰風蕉雨灑然來（是日微有風雨）碧血英魂杳何處人道君才更橫死我獨謂君死非死羣生入世等浮漚中外幾人留姓氏貴冑頓成航海家（麥氏葡之貴公子）欲窮環球三萬里挾策王前屢曳裾葡王怒斥班王喜當其乘風破浪時直以扁舟吞天池五船同抵巴西境（南美洲國名時屬葡領土）陸地當前航路歧一船觸礁氣不慴居然發見大海峽一船辭去帆更颺居然前進太平洋西復東兮道如砥浩渺何從辨厓涘驀然探得菲力賓舟泊息布（宿務轉音）呼庚癸土人率衆忽來攻孤軍酣戰重圍裏衆寡不敵君竟亡禪瀛大通從此始死裏逃生十八人一船維多利亞耳空前偉績表班王用志不朽歸舟藏隨行加那西巴斯（人名）賞以顯爵錫以章（班王賜加氏印面鏤地球四周鐫字曰爾始環我）古代歐人闢境域亞洲西偏非洲北葡人首闢喜望峯（即好望角西元一四八六年葡人地亞士發見）非洲西南踵接跡科侖布與克雷飛更把東西印度覓雷賽河開蘇維士歐亞交通捷倍蓰美人峽闢巴拿馬東西兩洋等尺咫若論壯志歷環球還讓麥君屈一指足所未至氣已吞心之所欲境亦拓東亞西南航路通宛似渾沌七竅鑿使其冒險性不堅迴航偉績等雲烟使其挫折怯不前草木同朽名安傳英名赫赫四百載死而不死然不然酹酒弔君君豈省景仰唯留墓前影披圖壯志為飛騰愧騎欵段守鄉井

宿務華僑中學校歌

霧島彌望椰雨蕉風巍巍華校矗立其中（一解）霧島彌望椰雨蕉風莘莘學子於焉修藏

二解 六育並重三民主義所宗及時勤勉有志當自強 三解 智鐙燭照學海波揚撫昔思來教聲長 四解 智鐙燭照學海波揚讀書救國兩毋忘 五解

馬尼刺南洋中學校歌

南洋南洋篳路藍縷誰鋤荊棘化康莊 一解 南洋南洋椰風蕉雨誰移桃李樹千行 二解 粵稽史蹟聲教長揚我民族蔚國光 三解 禮義廉恥四維張三民主義吾所宗 四解 茫茫學海波瀾東鷄鳴風雨大家黽勉相將 五解 茫茫學海波瀾東中流砥柱吾身即是屏障 六解

抗戰

有序　以下廿六年戰訊　廈門陳桂琛丹初

九一八之役余客滬瀆一二八之役余歸鷺門先後成感事詩十八章蘆溝釁起余適渡南溟旅居宿霧慨自全民抗戰七月於茲兵燹所經頓成焦土睠懷祖國憤惋交並爰就所聞賦抗戰如干首非敢比擬開天亂離之什聊以昭炯戒激衆憤圖報復也至其戰略之變更與夫戰事之歸束茍有述作當再就正於海內詞壇云

蘆溝橋撼海東鯨澎湃風潮震舊京遂使三忠化猿鶴劇憐再戰失幽幷平型暫阻長驅下保定旋看小醜橫吟罷召旻哀故國萬民血肉築防城

七月七日敵藉口蘆溝兵士失踪在宛平南苑各地挑釁爲吉團長星文堵殺卒以大隊進佔平津復據綏察南苑之戰佟副軍長麟閣趙師長登禹與士同焦南口之戰楊團長芳珪與壕塹同燬平綏路綏戰唯楊愛源部平型關告捷而保定正定滄州石家莊復陷落敵手

又向春申門不休戈船舍尾薄江頭當年浴血誇餘勇此日揭戈雪舊仇縱使增兵傾蟻穴何曾涉足越鴻溝沈江不為奸人洩早見艨艟類楚囚

敵艦擾滬淞三月援軍疊至難越我軍陣地使鑿舟之計不洩則鑿舟沈江敵艦成釜中魚不能溯江進犯矣

狂炸圖邀旦夕功限期通牒嚇愚蒙欲驅使節龍蟠外擬置都城囊括中禁衛張防森壁壘侏儒墜地化沙蟲播遷尚有重來日郭李收京待反攻

敵寇滬久不得逞欲以飛機五十架襲我首都先期警告各駐使遠避多置之不理某國大使獨乘艦離京嗣是敵機紛至沓來輒被我空軍擊落乃萃其海陸空軍衝破滬淞深入蘇錫將威脅京都迫訂城下之盟國府遂遷都重慶命各軍拱衞京市

日夜環攻向大場目標更擬達南翔短兵四度膏鋒鍔戰地經旬竄虎狼暫作葫蘆成曲線自親黃插守殘疆試看五百田橫客死守猶能抗一方

敵猛攻大場南翔凡兩晝夜肉搏四次我軍因戰略關係與廟行鎮同時撤退作葫蘆形曲線布防於大場之南閘北遂不能守謝晉亢猶率一營孤軍據四行倉庫樓頭抗敵凡四日夜旋奉令撤退

軍陣分開扼滬淞眼前羅店正當衝幾番得失猶摩壘三月爭持未折鋒忽痛中權移鳥陣可憐南市化狼烽強梁不鑒前軍覆日暮途窮更肆凶

羅店扼滬淞之衝爲兵家必爭之地相持三月屢失屢復自廟行大場等陣地退却全局瓦解南市孤軍苦戰三日終被敵包圍或死或退全市化爲灰燼

福山突破又江陰三面旋遭敵騎侵腹地鏖兵藩已撤首都登堞寇方深尺書揭示存亡局寸土寧忘拒守心難得外蒙能向化連兵抗日播佳音

敵水陸並進福山江陰礮壘先後陷落卽從京滬京杭三路侵入南京我守軍遂於十二月十三晚奉令退出　蔣委座告民衆書表示繼續抗戰之決心一面改革內部之組織一面糾正外交上軍事上之策略時外蒙將宣言仍隸我國準備派兵南下參加抗日

目營軍實視眈眈鬼蝶頻從百粵探未獲張羅教墜下須防鼓翼再圖南驚心水陸交通毀轉瞬舟車次第含沿海枉施封鎖策運輸與國許分擔

敵機疊炸粵漢廣九兩鐵路及公路石龍橋唐頭廈常平新塘興土塘一帶均被毀損又屢礮擊虎門蓋恐英人以舟車速援濟我方軍火然破壞雖力以我修繕工程迅速尚無大妨礙且法屬越南及英屬緬甸俄屬西伯利亞皆可運輸敵機無從截擊

屏東鐵鳥起南天敵艦如雲海上連巨彈頻來炸禾廈偏師又擬擾漳泉兵加以海歸魂地事異盧鎧破賊年太息故鄉誰禦侮藤牌子弟合當先

敵機疊炸漳泉禾廈不得逞乃以兵艦廿三艘攻下金門烈嶼分兵犯圍頭塘東一帶被我壯丁擊退按圍頭昔日設鎮貞德秀嘗據此設防抗倭殘壘頹堡今又有存者又屏東臺南兩地各有機場在焉

恣意侵陵孰制裁和平會議又重開久聞約法三章棄何必諸侯九合來弱國力微難自衛行人舌敝總堪哀曾連千載高風渺幾度調停枉費才

十一月十五日九國會議在北京通儒院開幕日本拒不與會討論良久僅以考慮何者爲其所應採之共同態度一語了之旋卽休會迄今未聞採用何種態度以制敵也

晉皖幽燕挫敵氛杭州進迫又重聞守攻異勢胸成算勝負移時局已分後顧整千防禦壘先驅百萬正規軍人心未死回天運會保江山應石文

我軍先後收復廣德廣寧高陽近張發奎又進攻杭州其他友軍更沿長江及平漢路造成八百堡壘固守武漢復以正規軍九十師開赴各方前線作戰反守爲攻節節勝利據報載南京軍民在中華門構築防禦工事挖出石牌有偈語十二句末云中國自有草將在一張馬箭射出關待到虎年臨到日名人出見保江山殆符讖矣

王孫戰績擬馮張抗敵威名播四方曾見浦東堅壁壘早聞薊北掃欃槍衝鋒合比楊無敵退陣渾如石敢當如此鐵軍摧弩末不愁倭寇再猖

前馮治安師長在薊北張發奎軍長在浦東均以抗日著稱近王敬久孫元良二師長在南京日寇礮火下掩護我軍作戰略上退縮眞足當鐵軍徽號矣

兪龍戚虎盡前驅飛將當空扼四隅苦膽久經嘗霸主鋼刀端合殺強胡中原抗戰成全面天下興亡繫匹夫衞國毀家兒女並渡河指日可歡呼

蔣委座開高級長官軍事會議決定反攻我空軍劉粹剛樂以琴高志航黃光漢毛瀛初董明德等又迭奏膚功全面抗戰展開國人無分男女或執戈衞國或輸財助邊同心一德收復河山黃龍痛飮在指顧間耳

續抗戰 並序 以下廿七年戰訊

曩賦抗戰詩十四律刋諸報端所陳戰況第一期尚未告終今則轉入第二期矣在此階段中敵軍之侵佔愈廣而我軍之抵抗愈烈雖彼此互有得失而士氣民氣則視前有加縱有僉人爲敵張目固無如我何也爰據戰訊續成如干首就正於吟壇鉅子此後兵力轉移易守爲攻憑優勢之主位守一貫之方針最後勝利引企可期會當再貢蕪詞以附鐃歌之末焉

河山表裏古來雄三晉交兵拉鋸同鐵礮縱轟雙路赭旭旗難蔽一軍紅飛芻枉使從天上餓虎終教困穴中但使正規軍並進五臺游擊竟全功

續抗戰

敵軍在晉與我大戰已歷兩次一爲打通正太鐵路佔領太原二爲打通同蒲鐵路佔據晉南嗣晉南被我軍克復侯馬曲沃亦旋失旋得敵方久被包圍需用糧食子彈專賴飛機輸送往往誤投我軍陣地

敵困臨城氣不揚分兵便擬下三莊一軍背水爭先着兩翼包抄截後方肉搏陷胸成血泊火攻鑿壁燬碉房空前勝利台兒役合譜鐃歌十八章

敵沿臨城進攻我軍扼之於韓莊轉薄棗莊又爲我東北軍所誘深入台莊我軍背水反攻敵後方爲我游擊隊截斷右翼臨沂方面又經我張自忠龐炳勳兩師前後擊潰敵酋坂垣雖復增師已不能與台莊相策應因在沂南岸展開大血戰我湯孫兩部遂採用白刃戰敵憑碉樓抗拒多被我大刀隊砍殺嗣敵援軍再至與我成拉鋸戰數晝夜我軍鑿壁施行火攻焚死五百人其衝出者亦被堵截擊斃實抗戰以來未有之大勝利會戰結束爲四月七日世界軍事家至比台兒莊爲歐戰時之亞皮利斯城云

輪車衝要首徐州李白分符此建斿十字陣開龍虎鬥三方圍免網羅投保鄣功邁睢陽守退卻人欽道濟謀主力獲全歸豫鄂重新壁壘布宏猷

徐州在津浦隴海兩路之交叉點爲兵家必爭之重地李宗仁白崇禧兩將軍奉令鎮守指揮粵桂川魯及于學忠部列成十字陣與敵作爭奪戰凡四閱月敵傾陸空軍分三路進逼我軍爲避免無謂之犧牲於五月十九晚奉令退出附近陣地繼續抗戰當李白兩將軍之統率徐垣大軍退出也衝破敵方包圍網敵不敢追擊其勇敢卓絕之精神爲中外所欽仰

蘭封放棄又開封旅退非關避敵鋒天意分明挫驕虜河流潰決阻橫衝難攻鄭縣新防綫妄叩桐城舊列墉本為西侵轉南徙東夷作計太愚惷

蘭封既失敵乘勢西進開封遂爲雙方爭奪地我軍以豫東係一大平原不宜作大規模戰爭遂並放棄期達消耗戰之目的新防體線則自鄭州起延至湖北邊境止時河堤驟決敵陷洪水中區又遭豫東遊擊隊之重創倉皇退守徐州南下由宿縣蚌埠而竄合肥旋挫於桐城

餓鴟墜處幾生全斷脰殘肢劇可憐準擬摶風橫四海那知鎩羽落中天報牙（見新約書）儘有龍城將移檄先投國倭箋一例兵爭文野判西人月旦萬方傳

二一八及五卅一之武漢空戰二一四之南昌空戰四一三及四二九之廣州空戰已顯著我空軍之身手據我空軍總部報告過去一年戰爭中日機被擊落及炸毀者達一千三百五十五架日空軍人員死亡者達一千一百人其在一二三之飛炸臺北五一九之飛偵倭國分擲傳單尤見我空軍遠征之本領宜美國郵報以文明國譽我也飛日本之國機凡四架領隊者大隊長徐煥昇副隊長佟彥博隊員蔣紹禹劉榮光蘇光華安錫九梅元白等

橫江倭艦百成行銜尾西來越馬當天牖戎機空制海彈鳴雷鼓火焚檣游魚釜底終難脫飛鳥雲間自遠翔此是中華新戰畧勛垂赤壁紹周郎

馬當湖口之役我空軍先後擊沉敵艦三十餘艘具見以空制海之妙策矣

環攻三鎮苦淹留橫海分兵搏廣州坐使飛鵝失天險遂救穿蟻潰江流傷心焦土阿房火越境災黎軍府囚統帥寬容期報効不隨韓（復渠）李（服膺）共虔劉

敵攻武漢五月不得逞又因德安敗衄轉而寇粵十月十二晨分兵惠屬澳頭各地登陸守兵單薄無從抵抗敵以淡水爲據點攻佔飛鵝嶺惠城遂陷旋下博羅增城直犯廣州二十日省府遷連縣自毀

續抗戰

公用事業工廠翌日敵入廣州市自大亞灣登岸不滿十天南疆重鎮卽告不守雖曰漢奸通敵爲作嚮導然軍事當局之疏於防範實難辭其責也粵省災民十餘萬抵九龍英政府設難民營以收容之待遇尚佳然不能隨意他適

故國烏衣事可哀覆巢轉眼化塵灰換防妄效空城計爲鷸翻成誨盜媒五百士慚田氏客八千人陋李陵臺更憐孤壘炊煙絶發礮猶遮敵艦來

金門失陷難民逃厦間諜緣以潛入藉獻力爲名窺伺堡壘及駐軍虛實五月七日七五師換防僅留五百人駐守全島而新軍未至敵得諜報於十日晨派艦隊十二艘飛機三十餘架夾攻先由未山泥金社何厝登陸營長王建章逸去任其侵入士兵亦不肯作戰楚參謀懷民督戰陣亡師部遂退入內地迄十二日烏里山嶼仔尾兩礮臺斷炊已久猶發礮以阻敵艦壯丁數千人十日早卽集中待命赴援中途被敵機掃射者數百氣不爲餒以彈械兩乏無人指揮乃分散作游擊戰猶據西山洪濟山一帶未肯退却有效夷齊之餓死首陽者童子軍則沿途負救護之責不因敵兵之兇暴而氣沮禾山有舉鄉拒戰而全被殘殺者約計厦禾兩地死於是役逹千人實開各地抗敵之新紀元焉

寇患方深鼓政爭敢攖衆怒倡和平二期戰畧歡騰日一紙降箋唾罵聲從古秦王甘媚敵卽今韓岳肯收兵中華樞府殊南宋豈任東窗密計行

汪精衛與敵訂塘沽協定喪權辱國識者已疑其媚敵固位本年十月十二日敵軍在大亞灣登陸對海通社記者談和平之門未閉廿一日我軍退廣州又對路透社記者申述前言十二月卅一日且在香港發對日謀和之通電敵相近衞最近宣言與汪氏通電曾於事前彼此交換意見其意存破壞抗戰政策與敵携手爲領袖僞組織之準備昭然若揭國內外同胞聞耗之下羣起聲討唯第二期抗戰計劃已由最高領袖宣布舉國贊同而衞國將士敵愾方深決非賣國求榮之汪氏之陰謀所能破壞也

抗戰三續　以下廿八年戰訊

南海翻聞失海南重洋虎視已眈眈漫誇英法航能斷更使香星勢不俠趁火劫人真狡獪毀盟背友太癡貪明興約定羊城失舐米何殊食髓甘

二月十日敵乘歐局緊張之日突佔海南島揣其目的謂可威脅法國軍械經安南運輸中國打擊香港星洲間之交通線作進犯西南之據點　蔣委座謂爲太平洋上之九一八也英法雖以其背約先後提出抗議敵均置之不理既而明興協定（承認德並捷克事）發表敵更肆無忌憚又向廣州進攻並與某國不攻取粵省之約言而亦背之矣舐糠及米食髓知味孰使之然哉噫

豫章形勢贛心窩炮火環攻十日多摩壘已摧登堡綫沈淵猶舉魯陽戈危城奮勇殲狼豕間道從容脫網羅回首德安曾挫敵整軍再戰未蹉跎

贛省控扼甌越掩蔽荊襄早爲敵方所注目唯敵自德安敗衄南犯不得逞者累月嗣以精銳進犯南昌與我軍血戰十日工事被毀猶據城巷戰是役殲敵萬人乃於三月廿七日退出

潮汕安危繫粵東羊城已陷失帡幪市區疊炸猶封鎖鐵道長驅欲進攻浪說韶關兵可入却圖南海貨能通運輸西北多途徑武器何難域外供

六月廿一日敵陷汕頭封鎖市區其目的在進犯韶關又稱此舉可破壞我國軍火接濟及貨物出口廿七日再陷潮安

豫鄂興戎亙十旬敵師慘敗已頻頻乍聞悍卒坑隨棗又報偏師厄厲均逐北只知心有漢圖南應媿目無秦西風落葉凋零日敢說櫻花是戰神

五月間敵擬西犯寇隨縣進棗陽又陷新野我軍截擊於桐柏棗陽之間殲敵二萬人自台兒莊田家鎮德安陽新勝利後當以此役爲大捷敵酋岡村寧次自隨棗慘敗後人目之爲日本李服膺岡村亟

補充殘部欲拼死進犯以掩前醜八月一日復由信陽向西南猛攻高城厲山我方苦戰兩日不能守雙方在唐縣鎮（屬隨縣）相持嗣我川桂援師至敵恐再蹈隨棗之覆轍乃向南攻大洪山據安居均川各地我軍回師夾擊先後克復厲山均川敵遂潰敗不能成軍中央社電訊謂日軍勢成晚秋殘葉其凋零之象日益彰明矣按敵人常以櫻花比彼國之名將故結句云然

威脅漳泉力已殫閩江敵艦又翻瀾海疆縱使淪川石幕府何妨轉永安投彈鯉城圖毀滅居心狼毒逞凶殘更憐唐刹開元佛也厄妖魔體不完

敵據金廈經年輒威脅漳泉不得逞六月廿七日轉向閩江口之川石登岸又侵入羅星塔封鎖江口省政府遷入永安遂以巨彈轟炸泉州市區以揚威唐代開元寺遭燬寺僧及民衆死者甚夥斷脰殘肢紛挂樹木厥狀至慘

動如脫兔鬼神驚幕阜湘陰一鼓平墓近黃興邀默相人欽薛岳擅奇兵凱歌遠勝台兒役犒賞新頒國府旌捷報傳來逢國慶新都火炬壯遊行

十月五日我軍在湘北大捷克復長沙以北廿英里之據點至汨羅河南岸四十英里地帶殺敵三萬乘勝克復平江湘陰實遠過於台兒莊之役此皆由薛岳關麟徵等諸將領指揮得宜及前鋒英勇健兒血戰所造成也捷音遠播舉國歡騰中央在雙十節前得此捷訊異常欣慰撥巨款十五萬慰勞前方將士重慶市並舉行火炬遊行慶祝會

困獸羊城忽掉頭南寧直搏逞陰謀先鋒防敵侵梧邑大將分兵扼柳州主力布成新陣勢反攻急轉下江流崑崙爭奪雄風在肯許幺麼此逗留

敵之攻桂省意在斷我往越交通或由桂林截湘桂鐵路或下西江打通廣州爰以二師團配合空軍於十一月廿七日陷南寧城中大火與我軍短兵肉搏達兩晝夜損失至鉅其原定計劃擬分兩路包

抄一由欽縣用馬隊直趨南寧一由蘆苞犯肇慶由肇慶侵梧州後者視前更重要無如犯蘆苞潰敗而南寧方面亦孤掌難鳴況我軍布成新陣勢於柳州節節反攻翌月即收復六七八九塘翌年二月初旬又先後克復武鳴賓陽而崑崙關旋復失復得使之受意外打擊陰謀粉碎目下我軍已包圍南寧近郊之三四五塘掃除妖氛爲期當不遠也按崑崙關之戰杜聿明夏威蔡廷楷韋雲淞四將分扼各路厥功甚偉

感賦

厦門陳桂琛丹初

乙卯二十七初度自述 三十韻

環瀛絚六洲茫茫知胡底地球繞太陽碌碌不自止人生廿七年奈何一彈指昔夢登崑崙又越滄海涘秋蟬復春鶊駒光疾若駛憶予髫齔時本是癡頑子仄聞長者言此子質頗美夭道不可知六齡遽失恃於時五内崩茹痛王修擬仰承大人憐父也而母矣是歲始讀書牙牙學啓齒自忖生蓬門所業惟在此丙午年十八不學引為恥新法興學堂鷺嶼時繼起叔立中學校主者二周氏（梅史墨史二先生）四稔春風中發軔從兹始身雖踐初桄志不在青紫庚戌入閩城邃研數學理未下董生帷翻同博士技扁舟歸鷺門供職中學裏鄉味飽鱸蓴差勝長安米親年垂六十承歡聊菽水弱弟祗三人安得姜肱被黔婁亦有婦蘭夢情難已不與流俗爭優游吾故里但有酒盈尊翛然忘譽毀遯跡異巢由閒吟學杜李男兒負奇氣安能囿卑邇矧值發憤年賢哲或可企努力愛春

華德業庶有豸

表哀詩八首 有序

小子德淙少遭不造年方懷橘　慈母見背弟才三歲尚在襁褓擗踊靡追攀號莫愬失恃之苦五内分崩憶家運之中衰循陔致恋維昊天之大德陟屺興嗟考叔有母舍君羹以奉嘗毛義為親捧府檄而色霽或則孝思不匱或則情事已伸嗟予小子天地罪人痛音容之永隔無涕可揮悲菽水之莫將此身難贖涕泗陳詞匪謂三春之報流傳家乘聊表寸草之衷讀孫綽表哀詩竊附斯義以志痛云

卅年積善未辭貧梁孟蜚聲動四鄰（家大人性耽宣講鳩貲創社四處勸導迄茲三十年所未嘗以貧困少餒厥志）戳髮昔曾留雅客望雲今已隔慈親家傳壼範依稀在圖想儀容涕淚頻縱使抽毫能述德板輿歲月愧安仁

聞道來歸播淑聲七年勞瘁遽捐生齒餘巾幗猶芬郁氣凛冰霜自潔貞藜藿荒涼勞採食齏鹽澹泊苦支撑從今泣血終天恨家祭空悲顧復情

兒箱檢點淚痕潛手線縫來縷縷艱猶記從頭投杼訓已無繞膝舞衣斑零花宿雨愁無限寸草春暉恨未刪剩有邢譚情話在（先妣女弟適溪頭社時切孔懷予每往省輒陳曩時情事涕泣弗置）九原知否慰慈顏

普陀山上墓門深一望松楸淚滿襟落葉蕭蕭遺碣冷寒蛩唧唧夜臺陰啼鵑魂斷空

餘血喉鶴聲悲欲墜心午夜挑鐙還強坐漫天風雨寫哀吟

一生孺慕愧王修回首萱堂涕泗流如夢韶華悲往日靡依身世付浮漚淒淒風木千年痛忽忽滄桑幾度秋我有劬勞恩未報天荒地老願難酬

燠寒曾記母劬勤憐愛嬌兒到十分烏哺傷心同逝水駒光瞥眼又斜曛未能和嶠長持服安得王裒老守墳自分此生甘廢讀蓼莪一什不堪聞

慈幃恍忽憶生前月落烏啼獨自憐天上佩環空想像人間襁褓更纏綿縱無蘆絮傷今日曾為羹湯感昔年更有一番腸斷處廿年負笈博青氈

憑將淚墨說親恩俯仰難容恍戴盆家乘遲修慚大雅兒衫怕澣護殘痕荊枝並秀懷差慰蘭夢何因遇太屯猶幸鯉庭嚴訓在敢疎定省曠晨昏

懷人詩二十五首 有序

予既有私憂又遭拂逆倦飛知還敢云肥遯雖虎頭山下仍擁皐比而龍華道中猶留鴻爪天南地北去日苦多緬維作者能無感乎詩曰曷又懷止又曰懷之好音爰託短章聊申長憶

微言大義宗尼父懷古傷今繼曲園幸為先君訴真宰鞭鸞笞鳳叩天閽（餘杭章太炎先生謂君跋先子渡海尋骸圖）

史家識見才人筆閎志閎詩仗校讎先子平生風誼重幸叨燕許為銘幽（侯官陳石遺先生君爲先子銘墓）

海上相逢不棄予兩家往事感乘桴反騷注記風濤險為寫先人負骨圖（新建夏劍丞先生君爲先子繢渡海尋骸圖）

跋中有光緒乙卯先叔筱濤公官臺灣兵備道遭溺疾作遂歿於任云

感賦

湖海論交二十年章予先德筆如椽延之一誄陶徵士安得于闐片玉鐫（衡陽沈琛笙先生君累先子行迹爲之誄）

當年紙裓許分爭殘客書名海内傾難得嶧山家法在長留玉筯耀先塋（無錫王西神先生諝君篆先子墓蓋）

茶陵世胄佳公子筆陣縱橫墨瀋酣信有平原風格在瓶齋翰墨匹瓶庵（茶陵譚瓶齋先生）

語石何憑作石言殘碑斷碣手曾捫一編讀過八千里絶憶才高魏稼孫（紹興顧鼎梅先生余由滬返厦君以所著夢碧簃石言贈別船中披閱凡兩日夜而竟）

珍重丹青尺幅收名高畫苑紹箕裘米家父子差堪擬濃澹何妨別壑丘（石門吳待秋先生君以設色山水爲先子製渡海尋骸圖）

唱酬累牘又連篇怪底難償一面緣記取蔌莊舊詞客神交忽忽十三年（奉賢朱遯叟先生辛酉蔌莊主人三九雅集徵詩忝與君列甲選是爲神交之始）

畫佛君真獨擅場能令廬舍發祥光江南華藏莊嚴刹添個拈花古法王（吳興王一亭先生）

魯壁偏招秦火來琳瑯萬卷頓成灰丁家韻事君能繼重拓文瀾仗雅才（侯官李拔可先生經理商務印書館一二八之役閘北總廠竟罹兵刼）

烏山舊雨如雲散滬瀆浮萍逐水淹別已廿年才一面君仍地北我天南（長樂黃藹農先生）

探源隸首自成家名字疇人傳裏誇慚愧九章同索隱一屏黒漆作生涯（長樂高夢旦先生予治數學僅任教授而已）

視君之煌煌著述者瞠乎後矣

經年不見虎頭癡聞道維摩臥病時珍重前身金粟影神光一照萬人窺 內江張善孖先生君別署虎癡前訪君大風堂中承詒近景

曾經黃澥上峨嵋六法君參造化師多謝黃山貽畫本臥遊恍似一探奇 內江張大千先生君爲我圖黃山一角

龍華幻夢隨雲渺妙筆雲龍見赫虓上下四方競相逐我非東野子昌黎 句容王師子先生予長滬南泉漳中學兩年解職時君爲製雲龍圖陳石遺程子大吳待秋張大千諸公爲之跋

解后何殊水上萍招要爾汝頓忘形高齊合署青無盡一度相逢眼便青 海寧呂十千先生君寓滬壘南山里之青無盡齋

春申江上記追攀敢望扁舟訪戴還五嶽胸中驚突起讀君畫稿勝看山 新安汪仲山先生辛未春于海上畫會購得君畫君自跋後有他日過訪之語

別君匆促識君遲聚散人生那得知壓我行裝書又畫披圖墨瀋尚淋漓 無錫秦玉甫先生

知是才人是學人詞章考據合通神桂林山水多奇絕閒氣偏鍾潁水陳 北流陳柱尊先生

江西詩派力能支才調翻成絕妙辭投我木蘭花一闋渾如紅豆寄相思 九江龍榆生先生

一家文字並蜚聲藝苑名流足抗衡聞道婦翁名下士可知玉潤本冰清 武進謝玉岑先生君冰翁同邑錢名山先生

不因劚說不雷同文理能教畫理通況有淵源家學在傳神阿堵晉人風 桂林況又韓先生

感賦

客裏談心暮復朝　送予南浦黯魂銷　如何一別無消息　不見音書慰寂寥紹興汪軼凡先生

相逢萍水竟相親　哀我媛媛慰唁頻　更作畫圖資惕厲　寢苫人似臥薪人山陰馬秉雄先生　予奉諱返廈值淞滬變起悲憤無似君爲作臥薪嘗膽圖

弢菴先生輓詞

少入詞林老帝師　魯靈光殿孰肩隨　劇憐噩夢歸箕宿　獨唱王風補黍離　白雪門庭容我立　青氈事業負公知　一行墨妙章先德謂師題先子渡海尋骸圖　珍重今同手澤遺

哭施耐公師

吟罷肩吾七字詩　驀傳噩耗水之湄師於五月廿三晚卒於鼓浪嶼是早余偶謁師書贈舊作　廣陵散絕誰賡響　豈獨恩私一哭師

海水羣飛撼七鯤　流離未忍反邱樊　魯陽戈竟難揮日　淒絕當年靖海孫乙未割臺師與臺撫唐景崧倡議自主事敗間關內渡旅況蕭然終不願東歸也

輓周師墨史

廿五年前造士場　諸生執梃許升堂　乍看小極些時厄　空盼新秋一味涼師病中吟有私心竊盼新秋到一味涼勝藥十單句

八百孤寒誰翼煦謂董恤無告堂事　三千弟子共心喪　獨憐月霽風光夜　想像儀容一瓣香

何處程門雨雪雰　權持玉尺較同文師既歿同文中學校長之人繼任由董事部舉五人爲校務委員琛亦與焉　園栽桃李猶春豔　殿圮靈

光已夕曛歷刼黃楊嗟歲閏（師歿於閏夏）經年朽木負霜斤門人未敢輕私謚只表生平勒墓
墳（爲師撰墓表囑醫予書石）

哭石遺宗丈三十韻

書來甫兼旬胡遽成絕筆我方渡南溟聞耗中心怛恨我識公遲幸公愛我切一十二
年來文字承啓發贈我詩文詞纍纍成卷帙憶昔公避兵鷺門遇從密先人負骨記摛
翰為之跋講學向春申我先長者出我行荷公詩公至處我室客中聆塵談相聚二十
日公旋吳下去我亦滬南歇戰神忽來臨淞滬新喋血故園風木吹又痛靈椿折大筆
仗銘幽尺書閔銜恤兩度過吳門訪公申契濶去夏公遊蜀解后在天末舟中話三更
小詩憐離別秋初客榕垣花光（閣名）敍寒熱示我蜀中詩餉我閩中物厚誼邁投桃引吭
歌采葛相違歲未周豈意成永訣公名足千秋等身留著述詩文與書史三絕世罕匹
誰繪三陳圖（曹纕衡謂公與弢師及散原先生可合拍三陳會合圖）百世仰先哲嗟公方蓋棺烽煙連冀察沿海門戶開戈
船肆出沒跋浪駭鯨鯢沸鼎游魚鼈惆悵亂離人生死二而一縣解謝劫塵火阬先自
拔念此忽破涕作達仰秦失

哭宙弟 有序

弟與予爲再從兄弟行爲人篤實任某商職務幾三十年戊寅夏吾廈淪陷窮窘不得出嗣爲臺人楊
北辱架誣入獄寃雖白以受苛刑歸家一日死年僅四十八時己卯四月二十六日也無子貧不能殮

感賦

仲弟實甫爲經紀其喪以狀告予與表弟振揚合力賻之復哭以詩

海外傳兇訊中腸痛不支如何生亂世乃復死饑兒寃抑天難問蕭條鬼亦悲那堪同伯道祚薄我門衰

寄相思

寇以飛機戰艦轟炸厦門音書阻隔兄弟家人天各一方感賦一律分寄厦門實弟岷江蕉弟星洲雲妹

亂後音書絶何從問死生艨艟雖遠遁蛺蝶尚横行軍息一五七師礮毁敵艦一艘逸去敵機叠侵入我領空投彈堅壁期焦土穿壕接短兵西風憐雁影三處各飛鳴

轆轤四章

鷺門淪敵欻忽經年遊子懷鄉形諸夢寐放翁詩曰家山萬里夢依稀若爲予寫照者用剌其語綴轆轤詩四章聊以排悶嗟乎長鯨跋浪幾變滄桑玄鳥無家競棲林木緬懷故國愴焉欲涕固不僅哀江南動鄉關之思已也

家山萬里夢依稀礮火漫天血肉飛荆棘載途狼虎在鷺江風景已全非

萬戶千門掩落暉家山萬里夢依稀可憐舊日烏衣燕飄泊無家繞樹飛

離離靖山山上樹歷歷北谿谿畔路家山萬里夢依稀去國二年艱一顧

炎荒苜蓿等珠璣曾説道南願竟違何日掉頭歸去也家山萬里夢依稀

菲華舉行「七七」二週年公祭

菲島各地華僑舉行「七七」二週年公祭並樹碑紀念抗日陣亡將士暨死難同胞予在宿務參加典禮爲撰祭文聯語復成此詩

海外招魂奠國殤精誠貫日耀遐方豐碑權當英雄墓死不留名字亦香

抗戰自主

七月廿四日報傳東京會議駐日英使有承認日在華特殊地位之議斯言果確則英相張伯倫欲背援華約言而推行綏靖政策於遠東也翌日美國單獨表示對日廢商約殆爲一種儆告欲使敵軍閥知所反省然我國之抗戰固不隨國際形勢之轉變而愁喜也

英相模棱違信誓美人廢約儆頑強不關國際情形轉抗戰須憑自主張

勗人兒

人兒赴昆升學詩以勗之

抗戰期中學術興滇池路遠競擔簦讀書救國吾儕事盼汝竿頭日日升

海天吟社消寒第一集偕許跛公聯句

一夕朔風起（丹父）硯池水欲氷圍爐消永夜（跛公）翦燭度寒更遣興催詩鉢（丹父）澆愁倒酒觥論人觀古昔（跛公）言志寫生平肯為浮名累（丹父）偏教濁世醒河山今破碎（跛公）蠻觸此紛爭客座新亭淚（丹父）神州故國情請纓空素抱（跛公）擊楫愧丹誠共勖聞雞舞（丹父）相思旅雁征鏡中憐

陳丹初先生遺稿　（感賦）

顧影（跛公）紙上恥談兵舉目無胡虜（丹父）同心有弟兄何時狼彗掃（跛公）重話一燈青（丹父）

日本刀歌

日本刀日本刀汝器未必利汝價乃自高三尺之身一寸口謬以脱光為汝友鋒不能穿山嶽利不能斷金玉威不能靖蛟鼉形不能具龜犢胡為乎眈眈而視勃勃欲試豈其旭日在東瀛扶桑萬丈令人驚不然大牙相錯成比鄰輔車彼此宜相親汝胡朝刮唇齒相依之土宇暮戕種類相似之人民君不見中東一戰爭割我錦繡之臺澎日俄一戰役攘我藩屬之韓國廿紀風潮正劇烈環球戰雲相連結門羅主義已不存鐵血主義人稱説須知凶器天所殃制敵豈在多殺傷不然四千餘年古國古四百兆民黃種主豈無孟勞與吳鈎可息內訌禦外侮寄語海隅東鯷人莫恃凶鋒輕黷武

風雨樓

庚辰五月予移研古島寓樓臨江時有震風陵雨添人去國懷鄉之感因別署風雨樓主系之以詩

何來風雨撼危樓雨雨風風鬧不休今日九州風雨晦不風不雨也生愁

随笔

隨筆

廈門陳桂琛丹初

鹿洞祀事追感

壬申五月一日，予與玉棠委員會同人，假白鹿洞朱子祠致祭徐汝瀾司馬，循舊例也。仲子樹棠侍焉。時會中劉崇熙前輩，年八十三，仲子虛七齡，白叟黃童，羅拜一堂，亦盛舉也。憶先君子在日，與方煥文丈等結桐社，每當春秋丁日，致祭朱子於此，必引小子參禮，時小子年方舞勺耳。使先君子尚在，聞其幼孫能參祭事，當大忻喜，惜乎不能起九原而告之。事隔三十年，宛如昨日事。禮成，為之悽愴不置。

張襄愍遺像

公名經，閩洪山人，明代任七省經略。抗倭有功，與戚繼光齊名。因讒致死，後世寃之。祠在洪山橋，近為豪右所佔。邑紳林鳴秋等，商請閩侯名勝古蹟保存會，詞得以復，並於衆塚中，覓得公遺象一尊，衣上書有七省經略使五字。由是林紳約公後人張鴻濤及保存會委員等，奉象入祠。當舉國抗倭聲中，得見抗倭偉人遺象，益以壯國人之聲氣矣。

陳忠愍公

吾廈陳忠愍公化成，號蓮峯，清道光間，由行伍官水師守備，五遷至金門鎮總兵。故例，提督不得官本鄉，宣宗以非公莫能膺海疆重任，破格授厦門提督。道光十九年，鴉片釁起，林公則徐，奉命查禁，舉英商鴉片二萬餘箱，悉數焚銷之。英人遂以兵艦攻我廣東，以林公防守嚴，不得逞。轉擾閩浙，命沿海嚴防，移公江蘇。抵署甫六日，聞舟山失守，即帥師馳赴吳淞。吳淞為長江門戶，有東西兩礮臺，可畸角守禦。公列帳西礮臺，與制軍牛鑑分守，三易寒暑，未嘗解衣安寢。每登樓揮戰，先戒士卒曰：小彈可醫，大彈不知，何懼為。發礮沉英艦六七，英軍氣沮欲逃，而牛鑑聞勝輕出，英艦因又襲擊牛鑑，於是牛鑑遁，牛軍潰敗。公孤守一隅，自忖不支，然鼓勵士氣，不稍退避，彈竭身創，猶復指揮奮呼。時英人彈下如雨，公負重創，礮折足，彈穿胸，伏地噴血而死，年七十六，時道光廿一年六月十六日也。公殉時，劉國標忍創負公屍，藏蘆叢中，閱十日以告嘉縣令，舁屍入城，殮於武帝廟，面如生。清廷嘉其忠，謚曰忠愍，於上海洵沙場賜專祠，予騎都尉世職。厦金榜山麓，為其葬衣冠處。淞江人哭公哀，作詩成帙，崇明施子良有句云：肘常旁掣生餘憤，掌僅孤鳴死竭忠。語最沈著。清廷提督能殲外敵者，首推公。其曾孫秀津與予稔。

作字

宋張文孝公，一生未嘗作艸字，論者謂文孝謹於治身，故發於書者亦似之。以余所知，當代前輩，若劉公宗熙，年八十六，鄭公霽林，年七十七，平生皆未嘗作艸字，與文孝正相似，可見其志也。學校繁興，莘莘學子，無往不持鋼筆，書法不講，遑論字學。其稍知書法者，又喜撫摩碑帖，自謂闖漢魏之室。風氣所趨，求能作正楷者，如鳳毛麟角矣。

余所稔僧人能書者三；弘一、太虛、圓瑛也。弘一工行楷，太虛工行草。圓瑛善擘窠書。弘一書疏朗樸茂，自闢蹊徑，二僧不能及。曩歲遊四明三佛地，山僧能書者絕少。弘一等不藉書名，然因書名益重爾。

八分卽隸之一證

閱魏晉以來論字之書，無非言八分隸二分篆，故謂之八分。然如此云，則八分固應與篆絕異，亦必與隸廻弗同矣。而古人尠有判辨其弗同之點，而定其如何是隸，如何是八分，若古文、小篆、及真楷、艸書之各有體態，不容少紊者也。鄉得八分卽隸之說，而未能透澈。讀姚姬傳跋夏承碑一文，而釋然矣。姚曰，隸有三種：秦漢官俗所用，未有波磔，所謂取便徒隸者，此其一。東漢及魏，波磔與而無懸針，此其二。晉人法義獻，有懸針垂露之別，此其三。中不容八分別為體也。分書真書之別，亦以分書不懸針，聊以為異。歐公以八分為隸，非誤也。趙明誠云，嘗出漢碑數本，示一士，何者謂分，何者為隸，士不能別。然則八分卽隸之說，姚氏誠持之有故，足解羣喙之紛呶矣。

勢交

趨炎附勢，自古已然。落井下石，於今為甚。求如灌夫不負竇嬰於擯棄之時，任安不負衛青於衰落之日，亦罕見罕聞矣。漢翟公嘗書門曰：一貴一賤，交情乃見。山谷詩云：眼有人情如格五，心知世事等朝三。予有感於是，因人求字，輒書此語以應。

筆削謹嚴

楊子雲作法言，蜀之富人載錢五十萬，求書名其間，子雲不可；李仲元鄭子真不持錢，子雲書之。吳梅村作圓圓曲，三桂齎重幣，求削衝冠一路為紅顏句，梅村不可。以是知古人之於文字，或筆或削，不能以利誘。世風日降，士品日卑，有潤筆物，便工或諛，豈但甌北所云，言政必龔黃，言學必程朱已哉。

海天閣

在榕城烏石山之巔，傍有巨石二，鐫海潤天空四字故名。曲徑幽通，古松承翳，登高一覽，風景盡收。地本致用書院舊址，清季改為優級師範學堂，陳師弢庵為監督時曾居此。予來此習數學，課餘每結伴登臨。業畢後，不到此地十六年矣。丁卯七月，皆仲弟實甫重登此閣，一片荒凉，令人生今昔之感。時師範改為高級中學，級友林瀟瑚、林中如、均為學務委員。既承留飲，又合葉長青、王東山、趙靜庵諸君攝影於此。題詩其上：一別烏山十六秋，海天高閣快重遊，地經兵燹荒三舍，人坐皐比是舊儔。歷刼乾坤還此會，舉杯談笑共名流，雁行更喜聯騏驥，攝取圓光鏡裏留。

石遺老人贈詩

予別榕城十六年矣，丁卯七月重遊，因訪家石遺先生於南三官堂，蒙贈大集，賦詩謝之云：昔年曾拜后山師，今日扁舟重訪之，自有詩名驚薄海，還如菊隱傲東籬。句成雙韻牋分擘，（曾與先生在鷺江吟社聯唱）史擅三長筆一枝，（先生方修閩志）快接塵談展吟集，暑途千里頓忘疲。先生和詩云：最憐長句續農師，佳士遙聞心許之，旅邸況同飲文字，吟壇何止闞藩籬。未將竹葉傾三雅，（自註）余適戒酒致未招飲只當梅花贈一枝，休怪報章來緩緩，羣書總校亦云疲。先生為名孝廉，工詩文書史，著述甚富，其詩幽思凝情，工於隸事，足分吾家后山之席。迨辛未秋，先生避兵至廈，相聚匝月，聆其詩教頗多。嗣泉漳中學電催返滬，乃別。先生贈二絕句云：巢父掉頭不肯住，李白乘舟將欲行，不遣同舟如李郭，客中送主作麼生。龍華舊是常遊地，五里桃花十里紅，明歲江南春好後，題詩寄我趁東風。蓋先生本擬與予同行，因行程匆促，不及候。予涖滬一月，先生始來會。予處以三層樓，而自臥短榻。先生又贈句云：據人百尺高樓臥，而使人眠地下來，直是綠林豪客慨，元龍抵合紹興臺。因請將前後贈詩重書裝池為念云。

答詩明志

洪承疇於明懷宗時，經略關東，任其世誼新安謝四興為參軍，後謝以墜馬傷臂歸故里。迨承疇歸清，經略七省，發兵南征至湖廣，遣人請謝，不至，答詩四首，其一云：孤城血戰苦睢陽，折臂書生枉斷腸，天地鬼神皆艸艸，君臣父子兩茫茫。南陽尚有劉文叔，博浪猶存張子房，當日共君渾一夢，夢中復夢夢何長。又淮北孝廉閻爾梅，亦與承疇有舊，赴楚謁見，承疇問其近狀，答曰：一驢亡命三千里，四海無家十二年。承疇問有近作否，曰有，曾閱李陵傳，作詩一絕，結韻云：不引單于來入塞，李陵還是漢忠臣。承疇嘿然良久，閻遂別去。

揮春絕句

癸酉浴佛日，吾師陳榉琴先生卒。余趨哭之慟，復輓以詩，有傳薪窮指留餘燼，絕筆吟魂接太清句。師工詩，殁前一夜，猶索紙書一絕。然平居不多作，作輒散去。榮圻世兄曾出示師修竹山房遺稿，僅近體詩五十餘首。余記其書春帖一絕云：題就花箋歲序新，東風吹入艷陽辰，願將一管如椽筆，寫遍人間萬戶春。此是何等襟懷。

雲龍圖

壬申秋，予卸校事將還里，馳書吾友王師子，為續雲龍圖。絹本高四尺，寬尺有五寸，鼓鬐布爪，噴霧飛煙，具騰驤變化之妙。題云：邑南龍華，有泉漳中學，丹初先生來長斯校兩年矣，頃將別去，告余曰：龍華舊夢，付諸雲煙。君精繪事，又辱厚愛。請作雲龍圖，用志鱗爪，願郊為龍身為雲，某固未敢自擬東野，甚望先生之為昌黎也云。余愛其語雋，潑墨成之，並錄原文補隙。玄黓涒灘壯月雨齋王師子寫於墨稼廬。予奉圖，裝潢成幅，匄名流題跋。石遺老人云：丹初宗世講，訪余吳門，出亣友王君所畫雲龍圖屬題。余以為龍神物也，不知其真相。而世間聚散離合之境，在天者無如雲龍；在地者無如萍水。特質言之，則曰萍水，高言之，則曰雲龍耳。余與丹初近年離合，蓋已數數。余老矣，後此未知何如，故題斯圖，不禁撫昔思來之感云。十髮居士錄舊作題之，有知有魚龍妒才子，沿舡都為聽詩來句。兼以送余別還廈門也。張大千則有古樸神似周潯之語。吳待秋又有嘘氣成雲之句。另有款識，不備錄。

綠毛龜

按公羊傳定公六年，龜清純，何休註，千歲龜清髯。宋史樂志，乾德四年，判大常寺和峴上言，今年和州進綠毛龜。又蘄州志，本州西河產龜，甲上有綠毛茸如海苔。宋秦淮海和程給事贈虞道判詩，有龜藏坎水毛皆綠之句。蓋可知綠毛龜由來古矣，昔人頗珍貴之。今則園墅第宅中作點綴品者，常常覯之矣。又據識者云，龜甲殼淡白色者真也。產地近則常熟山溪間，即有此馬。余壬申秋，從常熟購得此龜，提挈至廈，畜之瓷中，閱三稔而斃。嘗聞龜為靈物，壽至百歲外，奈何遽夭，或養之無方也。念其遠道俱來，又異於常類，未忍填諸溝壑，因漬以虎馬林，盛之玻璃桲，庋置生物室中，以供衆覽，並記其出處如此。

血經

余三遊漳南山寺，欲索明僧圖海所書血經一覽，卒不可得。戊辰九月六日，偕邑士林琯玉、徐飛仙重遊玆寺，始悉圓海所書血經，已為人盜去，尚有硬黃紙所書華嚴血經七十餘卷，近百年物。寺僧云，某上人書此，恐血凝，先斷鹽四月。因憶洗寃錄載盆水下鹽少許，非親兄弟之血亦滲合，當有是理。唯經字見黃金色，或謂非血書，誤矣。血清色紫浮面，其紅而沉下者血球也。人見血，不知紅在血球，誤血皆紅也。斷鹽一事，則不盡然，余見大醒居士在金陵所書血經，未嘗斷鹽也。

南普陀觀音亭被焚記

吾廈南普陀，為閩南名勝之一，昔名普照寺，唐季吾祖肇公所首建也。代有增修，明洪武間，燬於兵，至清康熙間，靖海將軍施琅始重建，改今名。寺宇壯麗，中有觀音亭，高三丈許，屋頂作八卦形，凡歷數級，雕花鑿龍，一如帝王宮式，其工緻為全院冠。戊辰九月廿三日晨四時許，寺僧不戒於火，致被延燒，東方天白，火勢始殺。遊人往觀，祇見斷瓦殘碑，宛如荒塚，三百年古蹟，付之一炬，誠可惜也。今者寺僧募貲重建，仍仿曩時宮式，後余和太虛詩，有縱教刼火成灰燼，旋見禪宮入畫圖句。

妙吉羊菩薩

經言：摩兜堅佛，即妙吉羊菩薩，在西天竺國。巢娑羅樹，身一千五百刼，吐氣成吉祥文字，樹上鳥雀，皆證妙善果，地下砂石，皆變金屑，種種毒禍，無有侵害，是為妙吉羊菩薩。甲子元月九日，予屬吳石卿繪此佛為外舅壽。因題此。

小
簡

小簡

厦門陳桂琛丹初

覆程子大 壬申七月廿六日

先君墓闕，辱蒙撰書，謹壽之石，永誌雲情。另有懇者，小子不天，六歲喪母，去歲春三月丁繼母憂，冬十一月復奉先君子諱。哀哀父母，生我劬勞。蓼莪一什，廢讀久矣。因集句為楹帖，（聯云：無父何怙，無母何恃。知生者弔，知死者傷。） 願乞先生書之，並補足述語為之跋，俾時惕勵。君子與人為善，若小子之哀思，當亦先生所矜恤乎。恃愛妄請，幸勿為罪。

覆夏劍丞 八月十日

得手畢並附 先君渡海尋骸圖，沃盥奉讀，畫則急風汹浪，具尺幅之大觀，跋亦悱惻纏緜，傳兩家之故實。以視馬待詔之風水二十景，王奉常之長江萬里圖，猶有餘韻。唯是風濤之險，幾變滄桑，哀怵之情，常懸心目。令先叔之政績與 先君子之孝思，雖顯晦殊途，而忠孝一致。藉公丹青，章我先德，行路感傷，況在人子。謹向先生九頓以謝，他日影印成卷，當再寄奉觀覽也。肅此布悃，不盡萬一。

覆仲弟實甫 八月十日

得十四號信，道　先祖先母二墳均逼遷，　先父墳竣工謝土時電告。讀至此忽淚落，書至此又心酸。此意唯　先人知之、弟知之、兄亦不自知也。哀我　大父、哀我　慈母、不獲使為孫為子者一日之養，祇藏魄之所亦不獲久安；哀我　慈父，創業成家，光大前徽，七十一年中無日不茹苦含辛也。手創善社，四出講演，四十三年中無日不孳孳為善也。彌留猶以宣講為念，無一語及私。猶記己巳夏秋間，兄來京滬，疊稟堂上來杭參觀西湖博覽會。諭以天緣有分，且俟後日。其時光景尚好，紛擾不滋，乃因社事難舍，家計縈心，遂不果來。而今已矣，曷禁漣洳。父母之於子，生育教誨，俾至成人，兄學弟商，各當一面，猶不能養其心志，並不能養其口體，吾兄弟不肖，居長如兄，尤大慚恧。兄與弟孩幼失恃，去歲　繼母逝世，　慈父旋棄背矣。苫塊餘生，此後所負之責任綦重矣。社事雖繼承，懍先志未逮，則有所生之忝；家門雖和順，奈兄弟分居，又有脊令之感。顧兄所皇皇而難安者，以先人纔告窆，便遠羈滬瀆，宅兆之督造，不能分諸弟之勞也。　先人附身附棺之物，既稱吾家之有無，墓誌墓闕之類，又得文豪之大筆，此刻兄所留意表章先德者在影印墓誌，尋骸記二事。墓誌已得陳石遺先生譔文，程子大先生書丹，王西神先生篆蓋矣。譔書篆均一時名手。尋骸記痛悉其事始於辛亥歲，越戊辰歲兄始敘述，先後承周墨史師、陳石遺前輩及章太炎、譚瓶齋、吳待秋、孫介堪、王西神、沈琛笙、楊搏九、朱遜叟、周道援、繆子才、佘顛公、韓君玉、李荊瞻、許修直、倪義抱、蘇蘧浦、吳瑞甫、王選閑、汪照若諸詞伯題跋。唯須補圖裝卷方成完璧，已分句張大千、夏劍丞諸先生矣。夏先生為當代聞人，一昨送圖來，圖極工緻，跋尤切貼。跋云：渡海尋骸圖為丹初仁兄先德　右銘先生作。臺北濱海磧歷，濟者縛竹筏載木桶渡人登舟舶，風急浪凶，輒至漂沒，光緒己卯，先叔筱濤公官臺灣兵備道，方赴總督召，策劃防夷，生番覦主帥他適，起為亂，先叔遽歸，入鎮臺北，遭溺疾作，遂歿於任。余童時聞家人述先叔死事及風濤之險，哀怵猶在心目。今為丹初　先德補寫此圖，固不啻揚雄反騷，所云淮記也。兄沃盥奉讀至再，謹函謝之。郵便拉雜書與弟，以見吾兄弟之繾綣，亦以見吾兄弟之悽愴也。流光不再，願各努力，思貽父母，令名為孝。不宣。

致張大千　八月十二日

昨趨侍瞻仰丰標，超超越俗，令人作天半朱霞想也，辱許為　先君子補渡海尋骸圖，感激何極，媿無以報，檢行篋中有香練珠一挂，謹呈左右，乞一捻之，亦佛氏所謂香火因緣也。

覆朱遯叟 八月十二日

重泮詩已讀過，唯念泮水淒涼，襴衫寂寞，誠公所謂增感想耳，然而成例尚在，故事不忘，亦公所謂今猶昔也。唱者章八，和者人百，芹藻之馨雖殊，天人之感則一，靈光巋然，魯殿在望。斯文所繫，拜手頌公琛也。得與神交，十年契洽，阻此帶水，一面緣慳，此日重游和作，叨陪席上儒珍，他時重宴徵詩，再慶國中人瑞。

復內子 八月十三日

得十六號信，有何不早回之語，雖屬致意遠人，究不能體察遠人也。泉校餘事未了，表揚先德文字，非個中人不能辦。我在此殊苦，讀堯弟十四十五兩號信均墜淚，前輪覆堯弟長緘，極悽楚，爾能於夜靜時囑人講述爾聽否。骨肉之親，手足之情，異地同感。我語弟之言，正弟語我之言也。八日心裏覺大不安，今始知為先人謝土日，前約來電竟不及。今日又是 先祖 先妣遷墳之辰，我遠羈海上不能親臨其穴，不孝不孝！早間南向起立，靜默虔誦感應篇三卷，用求先靈之安，天乎人哉！書至此，淚下而心酸。讀至此，亦當淚下而心酸也。

與王師子 八月廿八日

赫蹏三尺，潑墨數升，點睛成龍，嘘氣成雲，兄真僧繇妙手也。竊頭於牖，施尾於堂，天龍示見，五色無主，弟與葉公同調也。雖然，持此慰九州霖雨之望，兄之願也；覽此見兩人契洽之情，弟之懷也。頃將遊蘭亭，倚裝裁書，載拜申謝。握手賡談，且俟重陽節后也。

覆大醒 九月十七日

前奉書已入鑒否，刻得大箸行脚詩十卷，已代分贈海上詩交矣。琛於九月朔承鄉友之邀，出遊四明三佛地，上祈先人冥福，下紓年來苦悶也。在甬五日，登天童育王二山，天封五佛二塔，他若梁山伯廟、接待院、柳亭菴、海曙樓、後樂園均登臨焉，各剎上人大都與之談，探討佛理，而與育王寺之源龍方丈談最久，天童寺之圓瑛方丈則因留滬未返，不得面焉。七日乘滬杭甬車來紹，渡曹娥江，上會稽探禹穴，直上香爐峯。八日弔越王之故宮，尋蘭亭之遺跡，而龍山望海亭之勝均眺覽焉。九日回甬，偕歐陽生萬羣登獨秀山。十日轉帆普陀洛迦山來，山之勝以幽，幽之勝在石，朝山三日，僅領略十數勝處而已。十二日附定海船返甬，夜舟泊沈家門，曾登岸一遊，但覺漁業之夥，無他勝景。十三日蒞甬，聞太虛上人主持雪竇寺，不惜百里之遙，又驅車訪之，與上人坐談頗久，雪竇寺之幽，千丈巖之瀑，與夫妙高臺、飛雪亭、同樂亭之景，均一一覽之。而武嶺學校及　蔣母之墓亦順道參觀焉。是行也費時十六日，歷縣四，歷程往返二千里，沿途所經，均有攷記。而天氣晴和，不受風雨之侵，又深慶游運頗不惡，此琛近狀之大概也。知上人懸念，併以奉聞。

復陳石遺　癸酉五月廿二日

奉手教悉將回閩，想安抵珂里多日矣。大著油印詩話續，早已拜領讀竟，所引詩殊佳。拙作麥哲倫墓一首亦附驥尾，且慚且感。

致弘一法師　七月十七日

日前由廣洽上人轉賜親筆佛學講稿，沃盥奉誦，如聞宏法。大師以大善知識渡一切衆生，凡夫如琛獨荷啓發，頂禮加額，不知所報。憶去秋游普陀洛迦山，得會高僧、覽勝景，今得大師法寶，同深贊嘆。謹裝鏡裏，時證菩提，雲天在望，親炙何時。謹泐數行，用申謝悃。天氣初秋，希為道調護。不次。

覆譚瓶齋　九月初一日

康橋別後，雲樹思深，損書及詩，情詞並楙，蠻牋百幅，助修五鳳高樓，麗句先成，竟是探驪妙手。捧持雒誦至再，謹次元韻，另繕一箋，藉答雅懷。

覆呂十千

丁丑四月三日

前發狂言，思共商榷，猥蒙誨答，錫以南鍼，何幸如之。先生闢正始之仙心，抒永嘉之澹思，示以五等並及正聲，更進而論避明就暗、險絕拗澀之程境，用自外於世俗之見也。甚佩。夫近體詩之聲律，不依常格，不諧平仄者，謂之拗體。趙秋谷聲調譜論之頗詳。崔灝黃鶴樓之詩忽變常調，而風骨凜然，尊論所謂入乎超字之等也。妙筆偶成，遂為絕調，千古不能仿效也。其次如李白山中問答一絕，純用拗體，然熟讀之，覺其高曠野逸之趣，所以高妙。若一首故拗一句，其句又似不必拗，何如順其聲調為佳。今舉尊作而妄論之：石梁首章祇拗歲寒能見桃花開一句，鄙意何如易為桃花偏向歲寒開，句較順，意又不差。惟結句也快哉三字似宜自斟酌之。次章第一句首至今二字，與第二句首終古二字，在對起句法當如是，但非對起者轉見平易，何如易至今二字為滔滔，較有詩力。又第三句前所擬易者殊不當，原句聞有雲英無踪跡七字，恐未盡安，尊意係根上文藍橋字面說下，而在首章則言劉阮事，玆僭易為世外仙人竟安在之句，仙人暗指劉阮所見之二女子，或裴航所遇之雲英也。且踪字不用，免使人誤會失叶。惟竟安在三字仍涉平易，但有世外仙人四字連貫之，似可用也。二截次章尤勝，弟愛誦之，且已摘入詩評矣。書此報謝，回貢區區，高明以為然否，願賜教焉。恃愛妄陳，恕罪恕罪。

覆李繡伊 十一月十四日

前奉手畢，都千百言，歷叙敵機之轟炸，與君家之遷移，擾攘踣頓，絕似歐洲恐怖時代。茲者金門烈嶼又告失守，華北滬南戰略變更，或問全面抗戰何時能了，答以此是大戰開始，當有一番苦鬭在後頭，然最後之勝利當屬於我。菲島華僑對於獻金救國，異常踴躍，單就認購公債而論，亦達五百萬元，固無待中央陳戴趙李諸先生之慰勞而始輸將也。獨念家山峰火，親友流離，千里書來，具道苦窘。……讀兄悼翠之詩可憐萼華仙去，懌兄發棠之請一笑馮婦重來，自慚棉薄，重獻十金，不知其為士者笑之乎。

覆楊宜侯 戊寅五月十日

千里書來，恍如覿面，發緘伸紙，雒誦再三。所謂快事，則有同仇敵愾之思焉；所謂恨事，則有離羣索居之感焉。顧離羣屬吾輩之私情，而同仇乃全民之公意。吾輩書生，不能執殳前驅，衹能任戰時教育，藉文字以宣傳，期早晚收最後之勝利。

覆李繡伊 吳秀人 五月十日

猥以賤辰，預貺珍品。崑山片名，取其堅也。壽星一幅，祝其老也。交誼之堅，老而不渝，本此素心，懷我良友。則雲天高誼，拜賜下風，其敢言壽乎。琛修名未立，遠竄南荒，上忝宗祧，下慚里黨，而況春暉未報，空廢蓼莪之詩，國難方殷，徒賦無衣之什。更不當於生我劬勞之日，而受遠近親朋慶祝之珍。知我者當憫其情而諒其衷也。謹謝厚意，幸毋多瀆。

覆黃幼垣　十二月十日

書至，讀大作五章，並皆佳妙，足當杜老詩史之譽。詠粵事三首，雖一時不欲發表，閩海文歌，儘可先登報端，以表忠烈。且擬一併編入教材，增學子戰時常識，想不靳也。

覆王選閑　十二月十日

前奉手畢，慰藉殊殷，忙於課程，稽畣至歉。急景流年，礮聲獻歲。詩人萇楚，強半無家。兄羈鼓嶼，弟客霧江，相隔千里，相見何時。舍下圖書被人盜賣，先人表揚文字，恐付刼灰。以視兄所痛惜者更進一層矣。想一念國事倉皇，友朋離散，當如元亮所謂陰氣激我懷者。願言之懷，百不一二。另媵六金，以代茶果，至希哂納，並盼德音。

諭人兒 己卯五月十一日

兒決計往雲南讀書，立志求學，期為世用。此汝先祖在日之志，亦余之願也。唯念國家多難，吾鄉淪胥，親人四散作難民。余為工作久羇海外，兒又遠去，山遥水遠，相見何時。然為前途計，便即許兒所請。兒行矣，在外宜勤謹、宜耐苦、同伴宜相親、相尚以義、身體尤宜自衞，兒齒少體弱，余引為挂心，千萬自愛。余一氈困頓，不能為門戶光，今且飄泊無所歸，所切望者吾兒。兒行矣，千萬自愛。

陳丹初先生遺墨

漱石山房藏印之一

文曰大塊假我以文章
印勝云嘉靖戊申
春三月舟泊虞山之
拂水巖下篆為
天池道丈 文彭

人兒清玩 丁丑夏五月丹初鈐記

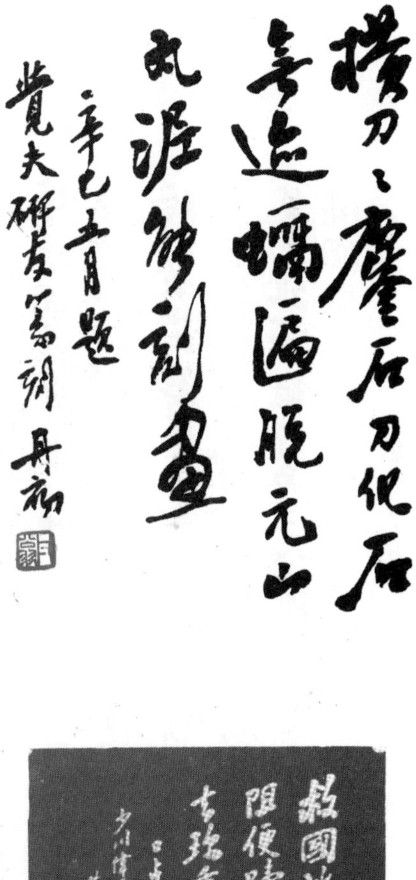

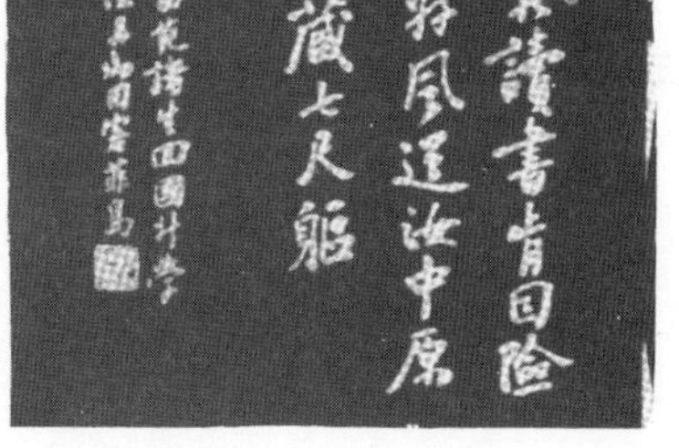

月夜同美璋遊園露坐简主人 二十韻

入山百日飀飀雨不歇雨工偶一停所向泥活活
誰歟補漏天更邀明月出今夕復何夕過園
看秋月秋云對闌珊秋月尚皎潔花影簇
我身衣場總我膝煙吹淡芭孤果嘗木奴
橘主人豁襟懷談屑霏餘烈風雨漂我巢
庚羅章有室重帶此天來荒破此番窟
懊儂莫廣謌垂老莫嗟別往事試回頭
攙槍沉騷屑誰得此清光相共到蓬蓽
莫語人合離莫管月圓缺予懷久鬱傷
聆此苦暑解脫流水敲成音涼風起天末
花鳥與候蟲唧唧亦協律坐久忘露濤却
荒人蹤滅秖我兩三人鄉心萬里闊夜深復
緋細勞生聊作達

丹初未定稿 壬午九秋

附卷

陳右銘先生渡海尋骸圖題詠

（附卷一）

家君渡海尋骸事畧

嗚呼我　王考歿十三年　家君始得渡海負骨歸葬閱六年己丑琛生又二十三年壬子琛畢業福建優級師範承之思明中學講席稍知為文字　家君始詔以渡海備歷艱苦事琛裏欲紀之執筆泫然復輟迄今又十七年矣　家君之言曰予家素貧汝　王考念故里無可為清同治庚午商於臺灣之鳳山縣地距吾廈水陸且千里交通險阻水道尤阸音書澗絶舉家惶恐久之始得凶訊蓋已於辛未年棄養矣予時年十一叔父方九歲覩　王母泣亦泣然無能為也亡何　王母又棄養予兄弟益孤苦年十六棄學商於榕城榕有宣講社心儀焉暇輒往聽社中人贈予敬信錄閱之有祖先骸骨在外幽明不安之説痛念親骸委棄異鄉昌以為人顧一錢莫名奚資以行遠居二年改商泉郡五載積二十金乃隻身由惠邑渡臺一帆風利越晚至梧栖翌晨雇輿轉鹿港未數里大雨如注避宿村舍輿夫謂予此去溪澗三十餘深者筏以渡淺者揭而過今溪流洶湧輿烏能前請辭去之越日晴負袱隨人前水深三尺無筏可渡跣足而涉晚抵嘉義縣治又二日至臺灣府治感寒溫抱恙信宿乃行又二日至鳳山禱之城隍神占得龍虎相鬬在頂山君爾何須背後看二語初訝其兆不祥忽憶　王考庚寅生寅於支為虎神或示我先人瘞地耶徧詢近山有名武祿洞山瘞旅地也跡之有碑題鷺門　陳卓英公墓默念　王考諱上文下傑不合舍是又無同姓同籍者疑而未決仍禱於神方出廟門遇邑人陳紀祥君覩予沖色倉皇問狀以實告歎曰子其陳

陳丹初先生撰「家君渡海尋骸事略」

君兒乎我幸識而翁日暮矣盍過我至其家出　王考刺後有
諱在蓋易名為字云予伏地謝侵曉奔墓所且泣且掘遂裹骨
藏之簏既而返臺灣府治前約往返船遇颶飄去他舟俗忌不
許運不祥物心殊焦急乃謀由臺北返里有萬年清者官輪船
也泊安平港距岸數十里波浪險惡舟子以筏繫木桶而渡客
適繩絕桶翻予溺焉遇捄攀登然不敢啟簏易溼衣恐露骸見
擯也抵臺北探囊中錢僅千餘徬徨不得返適汽輪以平價招
徠罄所餘貫舟券由滬尾抵厦患關吏稽查見骸為難呼小舟
載靜僻處顧囊無一錢婉商舟子負簏至市當償倍直途脫衷
衣質百錢畀之自負以歸時予未有家叔父寄居伯祖處相見
悲喜然無力營葬權厝半山塘越四年丁亥十二月窆於南普
陀之鼓山吁艱哉小子識之書示後人噫　家君少孤露性慈
祥講書勸善越四十年所諄諄不倦皆此尋骸之一念所推而
廣之者也獨念小子四十無聞未能養志又何忍令潛德闇然
而不章乎爰次其崖畧以告後之為子孫者

中華民國十七年戊辰十二月十日桂琛敬誌

右文脫藁後屢荷　陳弢菴師諸前輩暨海內知交題詞凡
得詩文如干篇越三年而　先君棄養簡策重披羹墻宛在
每懷罔極倍益哀思重句　夏劍丞諸先生補圖　程子大
先生篆額　譚瓶齋先生書耑雖才非元季有慚述德而褒
榮哀寵足發幽光爰裝此卷並識顛末庶子孫寶之藉以永
孝思於無窮云

甲戌三月朔男桂琛又識

陳丹初先生撰「家君渡海尋骸事略」

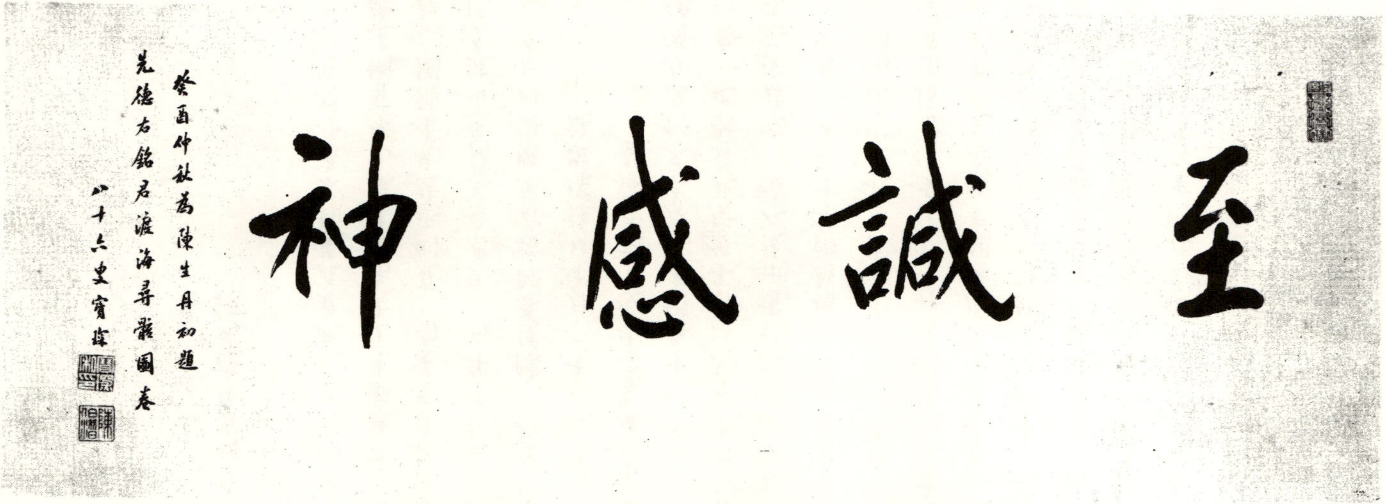

陳右銘先生渡海尋甄記題辭

陳弢庵先生題

陳右銘先生渡海尋骸記　題辭

詩

思明周墨史殿薰

邪說橫流甚汨陳，表章潛德首天倫。潁川喬梓堪風世，一是尋親一顯親。

無錫王西神蘊章

孫枝百尺挺元龍，純孝能為叔世宗。一卷謝庭氷雪錄，千秋勁節重喬松。
柳雪荷香冷墓門，高樓懸榻失陳蕃，題襟海上相逢晚，悵觸南天舊爪痕。

衡陽沈琛笙琇瑩

一泣皋魚淚欲枯，重溟踏浪逐天吳，計然那有千金策，昆舍誰知五父衢。
骨瘞故園孤正首，魂歸華表鶴憐雛，奇聞鳴鏑人間世，如此傷心記事珠。

奉賢朱家駒遯叟

渡海尋骸絕險難，鯤身鹿耳百重灘，一杯馬鬣先塋祔，十載烏私血淚乾。
神鬼冥冥悲孝子，蛟龍戢戢斂狂瀾，闡幽巨筆光家乘，喬梓瞻型鼻為酸。

蒲田關介堂其志

古今多少尋親記，幾見重溟負骨歸，難得谷王傳疾檄，妖龍不敢夾舟飛。
難事人多稱孝子，奇文我更愛賢郎，德星天上明如鏡，終古熊熊照海畺。

威遠周癸叔岸登

關中有大儒，幼植感孤生。問母父何在，不言惟涕零。少長知其事，尋父走襄城。累累千百塚，云是前朝兵。既無碣與標，寧識姓與名。行哭三日夜，寄滅生空精。積思通夢寐，至誠感神明。仟兆霅然開，白骨何縱橫。白骨不能言，髑髏泣有聲。刺血點白骨，拒受大分明。傫然負之歸，首丘妥其靈。至今亭林詩，千載使人興。廈門有陳翁，尋父涉重溟。臺南鳳山縣，夷社莽狉榛。躑躅荒草間，一碣使人驚。頗識姓與貫，胡獨異其名。標膺仰天號，白日無光晶。一叟扶杖來，其言明且清。客豈陳君兒，哀哀走煢煢。我媿孫賓石，而翁趙邠卿。漂零賣餅家，臨老以字行。生曾辨其貌，葬亦識其局。啓攢裹其骨，歸葬故山塋。昔讀二曲書，使我心怦怦。悠悠三代下，誰與媿芳馨。生逢朱壽昌，永訣陸麗京。玉局有詩篇，竹垞草零丁。此氣塞兩間，此冊懸日星。我不識陳翁，想像覩儀型。作歌繼蘇顧，式言毖千齡。

晉江蘇蓀浦大山

黑風吹海立，一氣為開闔。波濤十丈高，飛舞天吳集。中有一人號，抱骨語嗚咽。謂父役臺陽，旅瘞苦未拾。一年復一年，忽忽更夏臘。麥飯冷莫薦，羈魂不可接。悲切剜心腸，中宵起躞蹀。質衣附估船，遂擊重溟檝。去去不廻顧，居然海可涉。鹿耳與鯤身，冷冷長風蹋。載履牛皮地，愁絕羣山岌。蓬蒿如人長，辛苦日夕踏。白楊何蕭蕭，籲天自掩泣。忽自累累中，一碣荒落匝。九頓告山靈，揮涕運鍬鍤。負得父骨歸，託此舟一葉。中夜颶母颶，岌岌潮欲壓。顛蹶百不甯，奔走各離遝。此時命不知，此心則不怯。一十三更中，淚盡血承睫。髣髴父在旁，神光倏離合。不恤腸寸斷，寧覺衣為濕。天哀孤子心，風力忽為戢。崇波坦且平，安穩厦門入。回念膽尚悸，浪與山排疊。改葬卜高岡，巋然崇馬鬣。父骨既已妥，子心亦以貼。嗟嗟世風頹，非孝言諧諧。儻思汝自來，應持軀命答。若謂倫可廢，此咎將誰執。它日汝有子，知悔嗟何及。疇非人子身，願汝回頭急。此事足矜式，書為後世法。

龍溪王選閑人譔

宋陳天福，子曰桂孫。累世修行，用證善因。後此食報，詵詵振振。鄉有善士，曰右銘君。與余交誼，兩世紀羣。巍巍鷺嶼，稱為德門。殆天福之裔，而桂孫之倫。君少孤苦，內行克敦。孳孳為善，本乎性真。贈公壯歲，遠渡鯤身。異鄉作客，舉目誰親。湯難贖命，糧莫鑽貧。鳳陽殘照，三尺孤墳。引領東望，一片白雲。興思陟岵，涕淚沾巾。徬徨中夜，默禱於神。德林跣足，歷盡艱屯。卒歸父骨，以慰幽魂。君憾稍釋，君遇則辛。君志可憫，君行則純。星霜屢易，一瞥前塵。幸君有子，綺歲能文。發揚潛德，俾免終湮。晚近士夫，競倡維新。智識雖啓，道德日淪。箕帚詬誶，度起人倫。如斯懿行，末世希聞。樹之風紀，傳之千春。名教不墜，繄惟斯人。

泰縣繆子才篆

躋登大雅堂，儼然羲皇世。皤然白髮翁，游子天人際。松柏老彌榮，曾受風霜翳。幼讀敬信錄，已執聖人契。性靈有超越，海山無阻滯。大浸不能溺，怡若康莊步。誠至金石開，幽冥動精氣。所樂非外求，家風守儒素。卓哉此仁人，孝乎立本務。敬仲鏘國音，希夷少塵慮。其昌莫與京，道隨彭祖悟。

漳浦楊摶九士鵬

人子仁其親，千古尋常事。常變迺萬殊，於力要必致。陳子父苦貧，客死埋異地。歲久骨未歸，抱憾寧釋置。一日裹糧行，旋遂反葬志。纍纍旅冢高，誰歟無續嗣。徘徊委遠道，言之堪垂淚。屬在彼孫曾，何顏談錫類。我惟仁者勇，東濱萬頃凌。孤往矢所願，鬼神實式憑。求仁而得仁，此語當服膺。毋為傳奇行，中庸不可能。

龍溪黃幼垣鴻翔

子幼親已歿，子長骨早寒。卹首不得正，飲恨埋重泉。遊魂阻鯤海，化鶴歸何年。在日難事養，死後忍棄捐。一朝聆古訓，根觸心辛醉。持籌措資斧，買棹凌波瀾。蒼蒼重孝義，歷試投諸艱。跋涉苦迢遞，疾痛更纏綿。纍纍武祿洞，蔓草迷荒煙。馬鬣竟安在，徬徨廢壠間。禱神幸有驗，故老破疑團。名字雖已易，碑碣猶未殘。一鋤闢巖土，三寸劈桐棺。什襲負而走，背疲承以肩。却返安平港，故舟已杳然。如懷連城璧，間道出重關。如挾驪龍珠，不測幾沈淵。粉身尚不惜，郵計囊無錢。艱難越數載，先靈妥故山。豈繳天之幸，但行心所安。精誠感幽明，萬古永不刊。楹書況能讀，述德有象賢。嗟余愧介子，偕隱無綿田。桑榆戀鄉土，歿亦在臺灣。防墓未合葬，抱恨竟終天。靦顏題此冊，哀淚溢毫端。

文

元和孫德謙隘堪

蓋聞西岐澤枯，流聲昔牒，北隍掩殣，騰馥前良，然則幽靈永妥，斯固惠政攸先者乎。況乃禮隆報德，義篤慎終。銜索之魚，早傷其過逝；駕往之鶴，未覩其重來。涉圓溟以遠求，冀正卹之反本。卒至終天彌慟，異地遷良。賦騷客之招魂，等纍臣之歸骨。其行可敬，其事甚奇。讀陳君丹初家君渡海尋骸記，所謂覽之悽然者馬。丹初學尚多聞，孝能善述。其父　右銘先生，嘗以乾隆夙傾，離愁靡解，祇因北門窶貧，殷憂自嘆。西城藁葬，遡訪爲艱。遂乃累積數年，馳驅萬里。及達臺灣鳳山，禱于神而始獲其地。則見栽松植柏，未甚堙移，月冷風淒，殊滋悲感。蓋爲游子痛心之所，羈人埋骼之方。有碑屹然，空留姓氏。深銘廣漢，敢忘流渥之恩。翻羨延年，足啓中荒之殯，豈假號乎冥漠。正滿志以躊躇，默契元符，欣逢良執，出刺相示，有名存馬。於是裹將馬革，伏波之願夙償，哀感鶺唏，蕭子之遺亦拾。匪心三禭有錫，庶幾雙匣亦携。其間復覆舟幸援，探囊易澀，或辟嚴關之譏察，或尋幽徑以徑行，艱困備嘗。方旋故里，又以一坏親築，誰助顏烏，四壁蕭條，實踰司馬，荏苒數祀，而窀穸乃安。往閱西溟文集，有孝子尋親記，事絕相類，抑又過之，可謂難矣。夫人至委體它鄉，歛魂窮野，雖患連古冢，足慰潛靈。驃騎新亭，致勞殯朽，豈若太公五世，皆反以棲神，蹇叔二陵，尚望乎收骨。爲之子者，倘霜露銜悲，山川憚役，即使衣冠皋復，行三降之招，籩俎薦新，極四時之敬。至如魯公之尸，旅櫬未遷，齊卿之元，新箘無寘，溝壑同委，於心安乎。今則劉牢指塔，因舉以歸藁。溫序懷新，無俟於垂夢。抱樸有言，崎嶇冒涉，期於必得，斯之謂矣，豈不賢哉。雖然，雪印不存，風徽何慕。丹初蘭陔絜養，能奉晨羞，栗里賞奇，為纂孝傳，燕翼謀其貽厥，鴻裁成其斐然。虞子德元，其及門高弟，持師閎製，索予小文，余喜得異聞，特善鯉庭之對，願彰至行。維慚龍門之詞，不揆庸疏，爰為題記，其辭云爾。

雷通羣　振扶

蒙莊謂孝慈終於兼忘，釋者多未喻神恉，至叢儒家詁辭，是不可不為之伸一辭也。夫人子以所天事親，故孝德本隸天行，靡論處常與變，豈有以兢兢于門內事者，為要譽于里閈，納交於朋齒之資邪。子馬既不知其孝之所以為孝，父馬亦不知其慈之所以為慈，謂非兼忘得乎。雖然，三代而後，民之不興行也久矣。罟獲陷穽之世，固非可操還純返樸，剖斗折衡之論而前，是以獎善懲惡，未嘗不可砥柱狂瀾之一助。徒以輶軒之採訪不周，里巷之傳聞失實，故潛德幽託，闇然湮沒者不可殫數。是則父作子述，究屬翔實而可貴也已。

右銘先生渡海尋骸，孑然涉險，履創危而獲安，吾儕既欽其人；喆嗣丹初君，復綴以黃絹幼婦之作，吾儕益欽其文。慨夫叔季澆譎機詐百出，一般牛馬襟裾，以孺慕其親為愚，以因利乘便為智，或熱中於勢利，或熱中於少艾，置生父於鼎俎，直求分一杯羹為得者有之矣，是豈足與語尋枯骼于絕島荒郊者哉。更或剖克敲詐，躋身要顯，以求容悅其親為榮者有之矣，是豈足與語含辛茹苦，為家乘之光，風化之大者哉。繇今之道，無變今之俗，馴至子焉不復知孝之為孝，父焉不復知慈之為慈，是又孝慈終於兼忘之反面解釋也。吾既重　右銘先生父子之述作事，故書而出之，以為表章我中華民族懿德之殿聲。

惠安李慕韓荊瞻

古來仁人孝子，其堅忍不拔，每於不可必償之中，求償其不可不償之願，而卒獲全其間，冥漠中若或陰為之相，蓋精誠所積，感而遂通。　右銘先生渡海尋骸，殆類是乎。先生方總角即喪父，以艱於生計，殫數年之力，積金二十，遂為渡海之舉，前後經歷險阻，具詳事略中，讀之令人生明發之感焉。曩嘗觀紀載所傳，間有孝子尋親，亦備嘗困苦。經百折而不回，然生存之日猶可審象以求。先生於父歿殮不憑其棺，窆不臨其穴，武祿洞山，旅塚纍纍，安所托以行其志。而彼獨夷然不顧，其天賦之性，既篤且厚，卒得刺示，拾骨以歸，非其至誠以相感召，烏能如是。當倫紀道喪，先生不可以矯世勵俗乎。爰附數言於後，以質世之君子。

跋

侯官陳　衍石遺

余讀丹初此記，而重有感也。吾中國禮重喪，葬重體魄也。字書，肖訓骨肉相似。不似其先，則曰不肖。為子孫不能妥其祖父之體魄，尚何肖之可言。余家系出晉江，順治間遷省垣，為吾始祖，以軍官征臺戰歿，即檢骨歸葬，事遠不詳。再傳而至曾王父，薄遊建溪，歿于旅邸。王父御六公，年方十六，聞耗奔喪。至窘乏運柩費，囊骨徒步數百里負歸。抵城，天曛黑，無厝骨處，乃竊度曾王母床中閣上。蓋母子僅一床，床舊式有閣，曾王母竟不知一夜與夫骨同床也，傷哉。今丹初尊人尋骸事，與余家先世，一何相似。余與丹初叨庇祖德，厠身士夫，能持不律，志丌事以示子孫，可不謂幸歟。丹初尊人以孤露而彰丌賢，丹初文字，樸屬微至，足躋作者之林，非其尊人賢孝之報歟。為人子孫者，可以觀矣。

陳右銘先生渡海尋駁圖(篆額)

程子大先生題

陳右銘先生渡海尋舨圖　　夏劍丞先生繪

一〇三

陳右銘先生渡海尋骸圖　　張大千先生繪

一〇五　陳右銘先生渡海尋骸圖　鄭露林先生繪

陳右銘先生渡海尋親圖　吳待秋先生繪

陳右銘先生渡海尋販圖　　馬秉雄先生繪

陳右銘先生渡海尋親圖　余紹宋先生繪

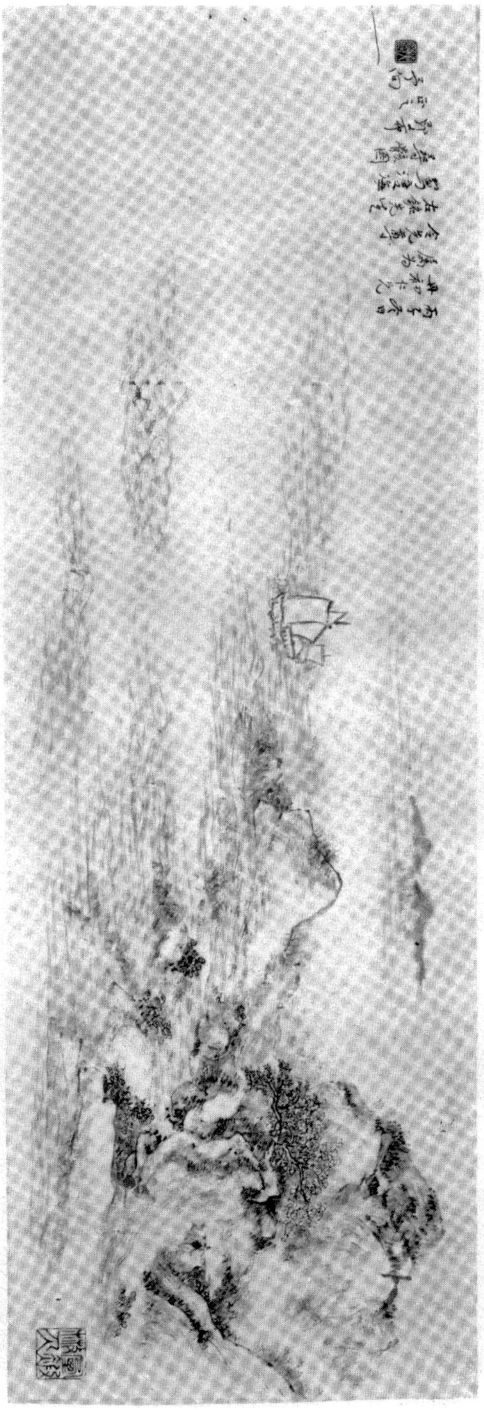

黃賓虹先生繪

陳右銘先生渡海尋骸圖

陳右銘先生渡海尋骸圖　吳湖帆先生繪

喬影望賒錄

（附卷二）

喬影望賖錄

厦門陳桂琛丹初

歲辛未冬十一月八日乙巳，我　府君承德郎直隸州州同陳公棄背於北溪之私第。翌年壬申二月十八日甲申，延南普陀太虛上人，薦先靈於經壇。哀念府君生平，具有懿德純行。謹具狀乞言於當代立言君子，至哀無文，流涕而已。海內文豪，操筆而為誄者以百數，玆摭錄如次：

詩

善與天都接，名留地望尊。八閩凋老宿，百行護兒孫。星聚瞻鯤嶼，風長仰鷺門。武梁圖象亟，銘旐式精魂。（程頌萬）

阻人衣帶水何長，悵未曾登孝子堂，明發感予恒不寐，（去歲曾題孝子尋父骸記冊子）考終於範本為祥。冥冥早錫諸昆類，去去多餘積善慶，自古寧聞死可免，如翁一節足千霜。（楊士鵬）

宿草殘碑姓字符，風波猶護負骸圖，精誠金石天非酸，血氣尊親道則儒。錫類在純能善誘，秉彝是好自同趨，德門食報今彌遠，孝水知源信不誣（王君秀）

庸行而今薄不新，歸然尚有老成人，一生孝友本天性，滿室芝蘭孕古春。忽聽皐呼登其屋，齊停春相愴諸鄰，瀾狂又失中流柱，痛殺飛鴉集海濱。（林端）

名駒附尾愧飛蠅，魯殿婆娑我亦曾，苕帚勒程監左女，瓠蘆儲史接胡僧。幾行鱻淚零丁墨，無賴盲風暗室鐙，先子泉臺應一面，為言頑鈍尚如恒。（徐飛仙）

聯

以吉人組多吉社（自註）多吉社為公首創，丹初昆季能踵其事。
惟孝行媲陳孝廉（自註）陳敦五先生尋父骸采石磯，與公後先輝映。（李禧）

一鄉皆稱為善士
明德之後有達人（王廷一）

畢世服膺敬信錄
及門廢讀蓼莪篇（林錫章）

惟孝友于，是亦為政。
積善有報，於其子孫。（陳衍）

是鄉先生，可祭於社。
有佳子弟，克昌其家。（張豫春）

惟百行之先，能千秋不朽。
是一鄉善士，亦五福完人。（彭瀛）

惟孝動天，窮海終教歸父骨。
以仁化浴，崇祠端合祔鄉賢。（林國賡）

流俗誤誨淫，安得子常持木鐸。
羣生苦荼岸，所悲世更少慈航。（夏敬觀）

嘉言懿行，知鄉先生，當祭於社。
芝蘭玉樹，如佳子弟，咸植在庭。（王師子）

立德有本源，千秋卓行安平道。
視人如飢溺，一硯清風同善堂。（毛常）

益國頻獎書，一生為善逢知己。
後山為作誌，千古流芳託得人。（蕭培榛）

樂善不疲，那信養生叔夜論。
含光有悼，應刊高誄仲弓碑。（馬祖庚）

築黌序於靖山，造士場中依梓舍。
終桑榆之晚景，勸人壇上化枌鄉。（勵志學校教職員）

亦孝子，亦善人，記鐫拾骸，社成多吉。
為聖神，為仙佛，蒼箕隨侍，青尾逢迎。（胡巽）

聯

現長者身，說老僧法。卅三年來如一日。
離娑婆界，歸極樂天，萬億土外在俄頃。（太虛）

非為而為，非說而說，無住生心，悳難思量。
種豆得豆，種瓜得瓜，積善餘慶，功不唐捐。（大醒）

尋親禱武當山，至誠感神，歸骨何殊見面。
說法點虎邱石，與人為善，苦心更具婆心。（黃鴻翔）

訓俗得褒揚，與公瑾交，感恩自昔稱知己。
傳家惟友，孝是太丘長，種德於今儘象賢。（蔡穀仁）

負骨見孝思，履險涉波，立起腳跟垂世範。
蓋棺成定論，發聾振聵，放開眼孔正人心。（吳錫璜）

講卷極分明，積四三年，人懷長者言提耳。
蓋棺猶及見，奔千百里，天鑒佳兒孝痛心。（余煥章）

以純孝立身，叔世無傳，始信綱常存草野。
惟宣傳是志，善人有後，廣從庠序布春風。（同文中學）

結社十二人，末席忝參，公殉為神來示夢。
說書卅三載，成規尚在，子賢述事紹遺風。（陳宗進）

是孝子，是善人，福報無涯天不爽。
宜省褒，宜社祭，家聲有道世咸欽。（朱家駒）

孝義著家聲，棟折梁摧，鶴弔悵三山在望。
報施垂子姓，蘭馨桂潔，鳳鳴占百世其昌。（張善孖）

知公自有真，孝子仁人，貽厥遺規昌後起。
嗟余來作客，哀鴻斷梗，掬將餘淚哭先生。（向連茹）

講善書統計冊三年，惟公具大慈大悲宏願。
勸儕輩非徒十八保，以佛度無量無數衆生。（劉培元）

避世避地避人，與衆無爭，未喪斯文難後死。
立言立功立德，得三不朽，聊將此語弔先生。（陳維垣）

一死有餘哀，銘仲弓府君之碑，世無中郎大筆。
千秋能不朽，誄靖節先生之德，我愧太常高文。（沈琇瑩）

子舍締知交，備聆令德孔彰，人羡高門光綽楔。
中江驚噩耗，為報深恩罔極，天憐冢嗣促歸舟。（洪燾生）

論立身政化所關，閭里啓顓蒙，語錄言詮皆實學。
羡繼志顯揚己遂，家庭施教育，儒林貨殖各專書。（許鳳藻）

陳太丘身是德星，但論若口婆心，此事應歸獨行傳。
嵇叔夜幼而孤露，回憶扁舟渡海，有誰為繪負骸圖。（施　乾）

孝則負親骸，義則謀友阡，此真物莫能傷，九淵不溺黃螭若。
勤以持木鐸，仁以蘇涸鮒，所謂沒而可祭，青骨終神蔣子文。（楊鴻逵）

如公具苦口婆心，綽楔表高風，當道傾忱，豈獨一鄉稱善士。
有子兼儒林貨殖，弓裘紹舊業，德門敷蔭，能全五福是完人。（龔顯禧）

歸舟負骨，我記題詩，揚榘矱為末世型，歲月幾何，愴先生去也。
振鐸颺言，人知向善，仗口舌作頹波挽，風徽尚在，問後死誰乎。（蘇大山）

走千百里，携二十金，疾病風濤不能阻，孝行格天，鯤海親骸還故國。
發慈悲心，運廣長舌，鰥寡孤獨有所歸，義聲垂世，鷺門衆口頌遺徽。（繆篆）

積畢生懃懃懇懇，率物持躬，最能貶世道，鑑人倫，勸孝早流傳，式里同矜尤綽楔。
看後起繼繼繩繩，發名成業，祗此教育家，經濟學，匡時多俊彥，藏楹善讀有遺書。（王君秀）

畢世勸人難似汝。
半生知己更呼誰。（周布祖）

墓聯

一藏孝子骨
永錫好山名（楊士鵬）

幽宮藏孝子
明德生達人（王西神）

岡巒安體魄
松櫝長兒孫（陳　衍）

山川千古重
忠厚一生遺（程頌萬）

玄穸留雲護
青松待鶴歸（沈琇瑩）

孝思猶貫石
青骨自專山（徐飛仙）

（此外尚有傳、誌、贊、誄、祭文等，辭長不備錄。）

寫在刊後

愴念　先君成仁廿五週年

陳孟復

民國五十八年六月七日為　先嚴諱丹初府君在菲抗日成仁廿五週年，旅菲華僑文教界仗義人士，發起出版紀念刊，以彰忠烈，並成立出版委員會，莊重其事。不肖受命編輯　先君遺稿付刊，哀感无旣。

先君臨難前猶戚戚於懷者，有近四十年詩稿暨　王父右銘公渡海尋骸圖題詠，均有待整理付梓。　先君遺稿有漱石山房吟草六卷、漫鈔四卷、手畢五卷、文稿暨聯語各一卷，及民國廿五年八月、廿六年六月先後出版之近代絕句選評初、續集各一卷。詩文遺稿曾由　先君門人家治平先生摘錄編次為鴻爪、北谿、抗戰、投荒詩四集，文一集，合訂一冊，曰陳丹初先生遺稿，由賈景德先生書耑，民國四十八年十月在菲刊行。　先君治學甚勤，遺稿且富，因戰亂散佚者已不復考，其在菲付梓者亦僅一鱗半爪。因就現存遺稿再行選輯若干，分編詩詞（包括雜詠、抗戰、感賦）、隨筆、小簡三部份，連同遺墨製版付刊，除部份詩詞外，餘均未曾發表，亦以傳　先君行誼也。　王父渡海尋骸圖題詠，包括題辭及圖各一卷。題辭一卷暨　先君部份遺稿，因留岷埠，不幸於一九六七年六月七日，毀於洪患。伏思先人孝傳不慎於災，何以示後，中心惶惶，不能自已。雖就刼後餘篇細心整理，究難完璧。茍非部份題辭得見自 先君另一鈔本，殆將無法交代，益見 先君顧慮之週到。尋骸圖八幅，為夏劍丞、張大千、鄭霽林、吳待秋、馬秉雄、黃賓虹、予紹宋、吳湖帆諸先生所繪，七幅為設色。另有陳太傅（弢庵）手題橫幅、程子大先生篆額、及 先君所撰「家君渡海尋骸事略」正書一卷等，書畫均出名家手筆，彌足珍貴。尚有譚瓶齋先生書耑，章太炎、吳待秋諸先生題跋，惜已不存，慮散佚或付刼灰矣。尋骸圖卷係民國廿七年五月廈門陷敵前，由家姊樹蘭攜菲， 先君一直隨身珍藏，以備影印。日寇南侵，菲島陷落， 先君轉進山區，因虞有失，乃託友人保管， 先君殉後，衣物俱燬，唯此尋骸圖得以保全，且收藏得法，四十年毫未蛀損，復見 先君維護先人孝傳之苦心。書至此，悲痛曷極。今將渡海尋骸圖題詠及喬影望睎錄分別整理刊行，以永孝思，而竟 先君遺願也。

先君幼時，境遇悽苦，奮勉從學，民國紀元，畢業官立福建優級師範，從此致力教育事業垂四十年，畢生誨人不倦，樂此不疲，乃為貫徹教育報國之宏願。 先君重視人格教育，倡導言行一致，其表現於公於私者亦若是。對於國事，尤為關切，自九一八以迄抗戰，每一階段，必紀之以詩，有感時紀事詩集、抗戰詩集等卷，以視杜工部之史詩又如何。　先君關切國事，非止於言，且起而行，自戰前參加全國書畫家在滬展覽書畫義賣，捐助義軍，以至抗戰期間從事海內外抗日救國宣傳工作，無不自發自動，克盡士夫之責。民國卅三年六月七日，　先君在菲抗日成仁，其先困守山區，雖處境險惡，終不願下山，所以置生死於度外，乃視氣節尤有過者。　先君有言曰：人生有死兮，山重毛輕，成仁取義兮，雖死猶生。正以傳　先君也。

先君六齡失恃，感慈恩未報，别署負疚生，賦表哀詩八首，極悽楚，以見思親述苦之狀。於兒輩則督教綦嚴，稍有怠學，即訓以陶淵明責子詩，平日為人題箋書聯，當命侍側，觀摩書法，逢祭典盛會，必引參禮。是又見　先君之孝慈兼備也。今　先君已逝，其為子者竟不能盡一日之養，言兹痛矣！

先君紀念刊問世，　先君思想行誼亦見諸遺篇，若　先君子事迹能為國人所惕勵，將益增本刊刊行之意義。

附啓

本刊蒙　總統　副總統　中樞首長、學者名流頒詞賜誄，　張秘書長岳軍題簽，益增光輝，謹誌謝忱！

本刊印費，婉謝各方捐助，由　陳丹初烈士子女暨從子杰、超負擔。謹啓。

中華民國五十八年六月七日出版
陳丹初先生成仁廿五週年紀念刊（非賣品）
本刊出版委員（以姓氏筆劃為序）
王美璋　陳治平　陳　杰
彭震球　潘葵邨　潘明展
謝德超

同文書庫・厦門文獻系列

第一輯

壹　小蘭雪堂詩集
貳　固哉叟詩集　寄傲山房詩鈔
叁　紅蘭館詩鈔
肆　寄傲山館詞稿　壺天吟
伍　林菽莊先生詩稿
陸　夢梅花館詩鈔
柒　寶瓠齋襍稿（外三種）
捌　甲子雜詩合刊　菲島雜詩　海外集
玖　稚華詩稿
拾　同聲集

第二輯

壹　賦月山房尺牘
貳　禾山詩鈔
叁　揮麈拾遺
肆　頑石山房筆記　紫燕金魚室筆記
伍　臥雲樓筆記
陸　止園詩集　鐵菴詩存
柒　陳丹初先生遺稿（外一種）
捌　繡鐵盦叢集　繡鐵盦聯話
玖　二菴手札
拾　虛白樓詩

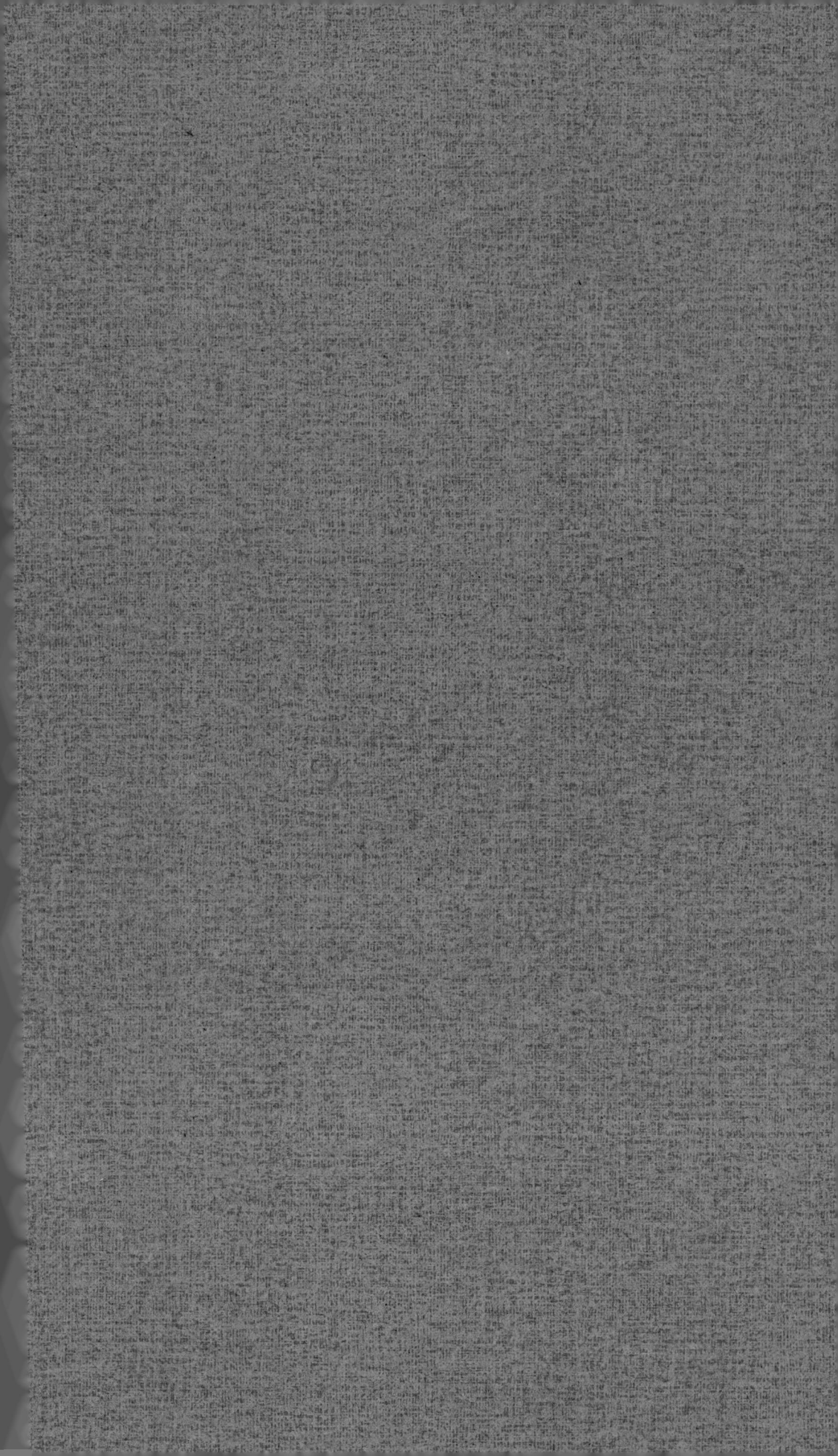